हिंदू धर्म
की महागाथा

हिंदू धर्म
की महागाथा

पृथ्वीराज सिंह और पी. नरहरि

अनुवाद : आशुतोष गर्ग

MANJUL
मंजुल पब्लिशिंग हाउस

MANJUL
मंजुल पब्लिशिंग हाउस
कॉरपोरेट एवं संपादकीय कार्यालय
• द्वितीय तल, उषा प्रीत कॉम्प्लेक्स, 42 मालवीय नगर, भोपाल-462 003
विक्रय एवं विपणन कार्यालय
• सी-16, सेक्टर 3, नोएडा, उत्तर प्रदेश, 201301
वेबसाइट : www.manjulindia.com
वितरण केन्द्र
अहमदाबाद, बेंगलुरू, भोपाल, कोलकाता, चेन्नई,
हैदराबाद, मुम्बई, नई दिल्ली, पुणे

पृथ्वीराज सिंह और पी. नरहरि द्वारा लिखित मूल अंग्रेजी पुस्तक
द ग्रेट टेल ऑफ़ हिन्दूइज़्म का हिन्दी अनुवाद

The Great Tale of Hinduism
by Prathiviraj Singh and P. Narahari – Hindi Edition

यह हिन्दी संस्करण 2021 में पहली बार प्रकाशित

ISBN 978-93-91242-68-8

हिन्दी अनुवाद : आशुतोष गर्ग

मुद्रण व जिल्दसाज़ी : मणिपाल टेक्नोलॉजीज़ लिमिटेड

समर्पण

उन सबको जिन्होंने हमें ये कहानियाँ सुनाई...

मेरी माँ,
श्रीमती पद्मा परमार
और मेरे दादाजी,
स्वर्गीय श्री केसर सिंह परमार

— पृथ्वीराज सिंह

मेरी दादी,
स्वर्गीय श्रीमती परिकिपंडला लक्ष्मी देवी
और मेरे माता-पिता
स्वर्गीय श्री परिकिपंडला सत्यनारायण
और
श्रीमती परिकिपंडला सरोजना

— पी. नरहरि

अनुक्रम

प्रस्तावना

हिंदू धर्म की महागाथा एक रोचक, रंग-बिरंगी और मज़ेदार कहानी है, जो हिंदू संस्कृति और अध्यात्म को आधुनिक पाठक के लिए एक नए और सजीव रूप से प्रस्तुत करती है।

इस पुस्तक में असाधारण हिंदू गुरुओं और राजनेताओं की बहुत-सी कहानियाँ हैं, जिन्हें आध्यात्मिक ज्ञान की लंबी परंपरा के विभिन्न दृष्टिकोणों से परस्पर गूँथकर प्रस्तुत किया गया है। इस किताब में हिंदू धर्म की आस्था और परंपराओं के बारे में ज़रूरी जानकारी मिलती है, जिससे इनके पीछे का गहन दृष्टिकोण पता चलता है। यह हिंदू जीवन-शैली के बारे में बताती है कि यह धर्म, कैसे प्राकृतिक सौंदर्य और साझा मानवीय अनुभवों को दर्शाता है। इस किताब में प्राचीन भारत के इतिहास से जुड़ी बहुत-सी नई खोज और आविष्कारों के बारे में भी जानकारी दी गई है, जिनके विषय में कई हिंदू लोग आज भी कुछ नहीं जानते।

हिंदू धर्म की महागाथा में कम शब्दों में हिंदू धर्म के उद्देश्यों पर विस्तार से चर्चा की गई है। इसमें धर्म, दर्शन, विज्ञान, राजनीति, पौराणिक साहित्य, कला, नारी की भूमिका, मानवता के अतीत और उसके भविष्य के बारे में हिंदू धर्म का बृहद् दृष्टिकोण भी समझाया गया है। यह पुस्तक हिंदू धर्म की हैरतअंगेज और रचनात्मक विकास प्रक्रिया को दर्शाती है। यह धर्म, पीढ़ी-दर-पीढ़ी खुद को पुनर्स्थापित करता आया है और इसने प्रत्येक नाम, आकार, स्वरूप में ईश्वर को आदर व सम्मान दिया है।

यह किताब दिखाती है कि हिंदू धर्म, भारत की संस्कृति, यहाँ के लोगों, प्रांतों और संस्कृति के साथ कितनी निकटता से जुड़ा हुआ है। इसी परिप्रेक्ष्य

में उस भारत की गाथा सुनाती है, जिसने एक धार्मिक सभ्यता के रूप में लंबा संघर्ष देखा है। किताब को पढ़ने से भारत के विभिन्न पक्षों को समझने में सहायता मिलेगी, जिन्हें राष्ट्र, संस्कृति या धर्म की आधुनिक अवधारणाओं के माध्यम से नहीं समझा जा सकता। यह सच्चाई है कि दुनिया भारत का सम्मान यहाँ के योगियों, गुरुओं, पर्वतों, नदियों और आत्मज्ञान के कारण करती है। यही हिंदू मान्यता का असली स्वरूप है।

यह पुस्तक, पाठक को नीरस शैक्षिक, राजनीतिक एवं सामाजिक विचारधारा से बाहर निकालकर धर्म की जीवंत सच्चाई की दुनिया में ले जाती है, जिसे हम आज भारत के मंदिरों में देखते हैं। इसका दुनिया-भर में बहुत तेज़ी से प्रचार हो रहा है। प्रत्येक महाद्वीप के लोग हिंदू धर्म को अपना रहे हैं। हिंदू धर्म के पीछे की विश्वव्यापी अवधारणा को पूरी तरह कभी समझाया या परिभाषित नहीं किया जा सकता। यह हमें अपने भीतर देखने और समाज के उत्थान के लिए प्रेरित करती रहेगी। हम सबको हिंदू धर्म की इस महागाथा को आंतरिक स्वरूप की कहानी और अपने संपूर्ण जीवन को समझाने वाली सहायक-कथा के रूप में पढ़ना चाहिए। इसी आधार पर हम पृष्ठभूमि समझाने के लिए हिंदू धर्म का थोड़ा-सा विश्लेषण कर रहे हैं।

हिंदू धर्म

हिंदू धर्म, दुनिया का सबसे पुराना, व्यापक और योगिक धर्म है, जिसमें ईश्वरीय और विश्वव्यापी चेतना को आदर देने का यथासंभव प्रयास किया गया है। यह वही चेतना है जो मानवता के अन्य धर्मों, दर्शनों, शास्त्रों, कलाओं और विज्ञान की विभिन्न शाखाओं में पाई जाती है। हिंदू धर्म, ईसाई और मुस्लिम धर्म के बाद दुनिया का तीसरा सबसे बड़ा धर्म और धार्मिक एवं गैर-इब्राहिमी परंपराओं में सबसे बृहद् है। इस दृष्टि से यह धर्म, उस धार्मिक अनुभव की याद दिलाता है, जिसे हम भूल चुके हैं या जिसका ग़लत विश्लेषण किया जाता है। इसमें धार्मिक रीति-रिवाज और स्वदेशी परंपराओं का भी दर्शन होता है। इब्राहिमी परंपराओं की संरचना और शब्दावली से भिन्न होने के कारण हिंदू धर्म, सम्मान और निंदा दोनों का विषय है। यह करोड़ों हिंदुओं के लिए आज भी धर्म-परिवर्तन और संपर्क का लक्ष्य बना हुआ है।

भारत की धार्मिक परंपराओं – हिंदू, बौद्ध, जैन और सिक्ख – ने इस धर्म का पोषण किया है और भारत की आध्यात्मिकता को आगे बढ़ाया है। इसकी शुरुआत प्राचीन काल में वेदों से हुई जहाँ से हमें दर्शनशास्त्र और पद्धतियाँ प्राप्त हुईं। इन्होंने इस देश के लोगों की मानसिकता पर गहरी छाप छोड़ी है। बावजूद इसके, भारत की धार्मिक परंपराओं ने सुदूर एशिया में चीन, जापान और कोरिया से लेकर नीचे दक्षिण पूर्व में इंडोनेशिया तक के क्षेत्र को प्रभावित किया है। इस दृष्टिकोण से यह प्राचीन सभ्यताओं का अभिन्न अंग बन चुका है। हालाँकि बौद्ध धर्म का प्रभाव भी सर्वविदित है, लेकिन वहाँ भी हिंदू धर्म की उपस्थिति दिखाई पड़ती है। दक्षिणपूर्व एशिया में अंकोरवाट, विश्व का सबसे बड़ा हिंदू मंदिर है। जापान के मंदिरों में अनेक हिंदू देवी-देवताओं की प्रतिमाएँ मिलती हैं। हिंदू और बौद्ध धर्म का प्रभाव, मध्य एवं पश्चिमी एशिया और यूरोप के सिल्क और मसाला उद्योग में भी देखने को मिला है।

पाश्चात्य सभ्यता की जिन बातों की यह संसार प्रशंसा करता है, उन सबकी जड़ें नास्तिक परंपराओं में हैं, जिनमें केवल यूनानी या रोम का नहीं, बल्कि सेल्टिक, जर्मनिक और स्लाविक का भी प्रभाव देखने को मिलता है। ईसाई और इस्लामिक दर्शनशास्त्र, प्लेटो और अरस्तू जैसे चिंतकों का सम्मान करता है, जबकि ईसाई और इस्लामिक सूफ़ीवाद, नास्तिक, नव्य प्लेटोवाद और रहस्यवादी लेखकों को अधिक मान्यता देता है, जिनमें वेदांत का प्रभाव ज़्यादा दिखाई पड़ता है। ये लोग, सभ्यता के महान रचयिता थे और यह उस तरह की बर्बर जाति नहीं थी, जिस रूप में इन्हें दर्शाया जाता है।

दुनिया-भर में अमेरिका, अफ़्रीका, एशिया और पैसेफ़िक उपमहाद्वीपों की जनजातियाँ, निवासी, उनकी भाषाएँ और परंपराएँ शासन काल के बाद से तेज़ी से लुप्त हो रही हैं। शुरू में असभ्य और बर्बर कहकर उनकी अवमानना होती थी, लेकिन आज उनके विवेक और उनकी बुद्धि का पता चल रहा है। हिंदू धर्म और पुरातन परंपराओं में काफ़ी समानता देखने को मिलती है। उनका प्रकृति, पौधों, पशु-पक्षियों में विश्वास था और वे पर्वतों, नदियों और आकाश के देवताओं का सम्मान करते थे।

हिंदू धर्म अपनी विभिन्न शाखाओं के माध्यम से लगातार संसार को प्रभावित करता आया है। योग, वेदांत, आयुर्वेद, संस्कृत और इसकी व्यापक संस्कृति के कारण हिंदू-धर्म के अनुयायी करोड़ों की संख्या में सभी देशों में

मौजूद हैं। आज भी मंदिरों, त्योहारों, देवी-देवताओं और साधु-संन्यासियों की सबसे ज्यादा संख्या हिंदू धर्म में पाई जाती है। कुंभ मेला जैसे विशेष पर्व, जिसमें एक करोड़ से ज़्यादा लोग भाग लेते हैं, धरती पर सबसे बड़ा जनसमूह है। सच कहा जाए तो हिंदू धर्म की एक अलग कहानी है, जो अनंतकाल से मानवता के इतिहास की शानदार यात्रा करती हुई यहाँ तक आई है।

इतिहास के माध्यम से हिंदू धर्म

अत्यंत लंबे इतिहास के दौरान हिंदू धर्म में बहुत-से परिवर्तन हुए हैं। ऐसा माना जाता है कि यह धर्म, संसार की रचना के साथ आरंभ हो गया था और अब भी इसकी निरंतरता क़ायम है। इस तरह की निरंतरता किसी अन्य परंपरागत संस्कृति में देखने को नहीं मिलती।

जिस तरह के वैदिक अनुष्ठान और मंत्र आदि पाँच हज़ार साल पहले वैदिक और हड़प्पा काल में मिलते थे, वह हिंदू धर्म में आज भी उसी रूप में मौजूद हैं। प्राचीन संसार का सबसे पुराना वैदिक साहित्य आज भी मानवता की नजरों में सबसे प्रामाणिक रिकॉर्ड है, जो मानवता के इतिहास की कहानी बताता है।

महाभारत के समय से हिंदू धर्म में ज़्यादा परिवर्तन नहीं हुआ। इसके अधिकतर उपदेशों का संग्रह वैदिक काल के उत्तरार्ध जितना पुराना है। महाभारत में शिव, विष्णु, देवी, राम और कृष्ण के अवतार, योग, वेदांत और सांख्य के दर्शनशास्त्र आयुर्वेद, ज्योतिष और राजधर्म का उल्लेख मिलता है। विभिन्न कहानियों और संवादों के माध्यम से इन सबका विस्तार में विश्लेषण किया गया है।

लगभग पंद्रह सौ साल पहले (तिथि अभी अज्ञात है) आदिगुरु शंकराचार्य ने वेदों और उपनिषदों में लोगों की रुचि फिर से विकसित की तो एक और महत्त्वपूर्ण परिवर्तन हुआ। यह रुचि बीती कुछ शताब्दियों में कमज़ोर पड़ गई थी। शंकराचार्य ने वैदिक साहित्य की बहुत विस्तार से टीका तैयार की। हिंदू संप्रदाय को वैष्णव, शिव, शक्ति, गणपत और सौर नामक पाँच भागों में बाँटा तथा भारत में अनेक मंदिरों और मठों की भी स्थापना की।

इसके अतिरिक्त बीती दो शताब्दियों के दौरान हिंदू धर्म में अभूतपूर्व परिवर्तन और पुनर्जागरण देखा गया है। अनेक महान गुरुओं का नाम आज पूरी दुनिया में अध्यात्म और आत्मबोध का पर्यायवाची बन चुका है। इनमें रामकृष्ण परमहंस, रमण महर्षि, श्री अरविंद, आनंदमयी माँ, रविंद्रनाथ टैगोर, महात्मा गाँधी और कई लोग ऐसे शामिल हैं। ये कुछ ऐसे चमकते सितारे हैं, जिन्हें किसी अन्य देश में एक ही समय पर देख पाना मुश्किल है।

हिंदू नवजागरण

बाहरी हुकूमत से आज़ादी मिलने के बाद हिंदू धर्म के लोग अपनी उस विलक्षण विरासत के प्रति सजग हो रहे हैं, जिसे लंबे विदेशी शासन के दौरान रौंद दिया गया था। अब ये लोग अपनी परंपराओं का सम्मान करना सीख रहे हैं, जबकि ब्रिटिश शिक्षा पद्धति ने इसकी निंदा की और इसे असभ्य घोषित कर दिया। हिंदू लोग, शिक्षा, विज्ञान और व्यापार के क्षेत्रों में अपनी जगह बना रहे हैं। भारत सबसे बड़े लोकतंत्र के रूप में उभर रहा है और दुनिया में तेज़ी से आगे बढ़ने वाली अर्थव्यवस्था के रूप में पहचान बना रहा है। अमेरिका में भी हिंदू वर्ग, अन्य धार्मिक अल्पसंख्यकों में सबसे अधिक समृद्ध और शिक्षित माना जाता है। यह उपनिवेशवादी युग की हिंदू विरोधी इस धारणा के विपरीत है, जब हिंदुओं को पिछड़ा, ग़रीब और अशिक्षित माना जाता था।

इस बदले हुए संदर्भ में हिंदू धर्म पर नई किताबों का लिखा जाना ज़रूरी है। ख़ासतौर से ऐसे लेखकों द्वारा, जो परंपराओं को अंदर से समझते हैं और उनका पालन भी करते हैं। हिंदू धर्म पर फिलहाल अधिकांश किताबें, सांस्कृतिक पूर्वाग्रहों, मिशनरी संस्थाओं द्वारा उत्पन्न विकृतियों और मार्क्स-प्रभावित पूर्वाग्रहों को दोहराती हैं। इनमें वे किताबें भी शामिल हैं जो भारत में आमतौर पर मिलती हैं। यह पूरी तरह व्यर्थ नहीं है, परंतु यह कहानी का केवल एक पहलू दर्शाती हैं। हिंदू होने के नाते मैंने ऐसी कई किताबें लिखी हैं, जिनमें हिंदू परंपराओं को समझाने का प्रयास किया गया है। इस नाते मैंने प्रत्यक्ष रूप से देखा है कि हिंदू विचारधारा की किस तरह उपेक्षा होती है या उसे अस्वीकार कर दिया जाता है।

सभी प्रमुख धर्मों में हिंदू धर्म को सबसे कम मान्यता मिली है और स्कूलों में भी उसे कम ही पढ़ाया जाता है। इसी तरह मीडिया में भी हिंदू विचारधारा मुश्किल से देखने को मिलती है। यह कहा जा सकता है कि हिंदुओं ने बौद्धिक लोगों के बीच बेहतर अभिव्यक्ति और सक्रिय भूमिका नहीं निभाने की ग़लती की है। साथ ही हिंदू-विरोधी पूर्वाग्रह भी मौजूद हैं। यह अच्छी बात है कि अब उन्हें चुनौती दी जा रही है और सशक्त हिंदू स्वर उभर रहा है, जैसा इस पुस्तक में साफ़ तौर पर दर्शाया गया है।

हिंदू धर्म की महागाथा हिंदू धर्म पर प्रामाणिक साहित्य की कमी को पूरा करती है और इसकी गहरी परंपराओं को लोगों के सामने प्रकट करती है। हिंदू धर्म पर मौजूदा साहित्य में यह एक महत्त्वपूर्ण योगदान है और इससे हिंदू धर्म के क्षितिज को विस्तार मिलेगा। इस किताब को पढ़ने वालों को ना केवल अधिक जानकारी मिलेगी बल्कि उनकी जागरूकता के स्तर में भी वृद्धि होगी। साथ ही वह आध्यात्मिक और योगिक ज्ञान की शाश्वत परंपरा द्वारा प्रेरणा भी पाएँगे।

इस पुस्तक के लेखक पृथ्वीराज सिंह और पी. नरहरि की प्रशंसा करनी होगी कि उन्होंने इसे बहुत ध्यान और मेहनत से तैयार किया है। यह उनके चिंतन और गहरे अनुभव को व्यक्त करती है। इन दोनों की यह किताब हिंदू धर्म की शानदार भूमिका है और साथ ही यह उन लोगों को महत्त्वपूर्ण दृष्टिकोण और सूचना प्रदान करेगी, जिन्होंने हिंदू धर्म का पहले भी अध्ययन किया है। सबसे ज़रूरी बात यह है कि यह हर उस व्यक्ति के लिए लाभकारी है जो अपनी साधना में लीन है। यह किताब दर्शाती है किस तरह हिंदू धर्म का ज्ञान उनके लिए आवश्यक हो सकता है।

अंत में बस यही कहना है कि हिंदू धर्म को किसी एक आस्था नाम, आकार, संस्था आदि में बाँधा नहीं जा सकता। हिंदू धर्म शुरू से सनातन धर्म रहा है। यह सत्य की शाश्वत परंपरा है। यह केवल संपूर्ण मानवता के लिए नहीं बल्कि चेतना के विशाल और व्यापक संसार में सभी जीव-जंतुओं के लिए आवश्यक धर्म है। हिंदू धर्म इस बात पर ज़ोर देता है कि समय, स्थान और व्यक्ति के आधार पर उपदेशों में परिवर्तन किया जाए और इन पर अमल भी हो। यही कारण है कि हर कोई इससे कुछ न कुछ सीख सकता है। यह बताता है कि रूढ़िवादी नियमों से कहीं अधिक महत्त्वपूर्ण हमारे जीवित गुरुजन हैं, जो हमें ज्ञान देते हैं। इसलिए हमें इस कहानी को

बहुत ध्यान से सुनना चाहिए। तभी हम हिंदू धर्म के बारे में ना केवल जान पाएँगे, बल्कि अपने भीतर छिपी शक्ति और सामर्थ्य से हमारा परिचय होगा।

विश्वव्यापी दृष्टि से आने वाली शताब्दी, योगियों और ऋषियों की प्राचीन परंपरा से काफ़ी मिलती है। भारत, हिंदू विचारधारा को फिर से प्राप्त करके मानव समाज का मार्गदर्शन कर सकता है और इसे अध्यात्म एवं चेतना के नए युग में ले जा सकता है। हिंदू धर्म की महागाथा में ऐसी और बहुत-सी प्रभावी कहानियाँ हैं, जिन्हें लोगों के सामने लाया जाना बाक़ी है।

डॉ. डेविड फ़्रॉली
(पंडित वामदेव शास्त्री)
निदेशक, अमेरिकन इंस्टिट्यूट ऑफ़ वैदिक स्टडीज
वॉट इज़ हिंदुइज़्म गाइड फ़ॉर द ग्लोबल माइंड के लेखक

नमस्ते

न मृत्युर्न शङ्का न मे जातिभेदः पिता नैव मे नैव माता न जन्मः।
न बन्धुर्न मित्रं गुरुर्नैव शिष्यं चिदानन्दरूपः शिवोऽहम् शिवोऽहम्।।

निर्वाण शतकम् (6)

'मुझे मृत्यु का भय नहीं है, ना ही मेरी मृत्यु होती है। मेरे अस्तित्व को लेकर कोई संशय नहीं है, ना ही मैं जाति में भेद करता हूँ। मेरे कोई माता-पिता नहीं हैं। मैं अजन्मा हूँ। मेरे ना संबंधी और मित्र और ना ही मेरा कोई गुरु या शिष्य है। मैं विशुद्ध ज्ञान और परमानंद हूँ। मैं शिव हूँ, मैं शुभ हूँ, मैं शिव हूँ।'

ऊपर दिया गया श्लोक कोई दर्शनशास्त्रों में महारत हासिल कर चुके किसी वृद्ध दार्शनिक का विद्वतापूर्ण कार्य नहीं है। आश्चर्य की बात यह है कि यह एक आठ साल के जिज्ञासु बालक द्वारा उसके गुरु के सामने प्रस्तुत की गई एक भूमिका है। उस बालक को इसी गुरु की तलाश थी। कालांतर में, यही छंद जिनमें समभाव, शांति, स्वतंत्रता और हर्ष शामिल था, *वेदांत* की भूमिका बनकर उभरा जो भारतवर्ष के सबसे समृद्धशाली दर्शनशास्त्रों में से एक है।

यह आसाधारण काव्य छंद, आदिगुरु शंकराचार्य ने स्वामी गोदपादाचार्य का शिष्य बनने की इच्छा से उनके समक्ष प्रस्तुत किया था। आप इस बात

से इस देश के मात्र आठ वर्ष के बालक के ज्ञान की कल्पना कर सकते हैं। दुर्भाग्य से, विश्व में अनेक स्थानों पर और भारत में बहुत-से लोग हैं, जो भारत को सँपेरों और अशिक्षितों का देश मानते हैं। उन्हें लगता है कि हमारे देश में हुई प्रगति, शिक्षा और एकीकरण विदेशियों की देन है। उनके अनुसार यह एक ऐसा देश है, जिसने खोज और आविष्कार के संदर्भ में लोगों को केवल 'रस्सी वाली तरकीब' और कलाबाजियाँ दिखाई हैं।

हमारे देश की महानता और गौरव को दर्शाने के इस कठिन कार्य को शुरू करने का इससे बेहतर तरीक़ा दूसरा नहीं हो सकता था। ये देश, ऋषियों और कहानियों, ज्ञान और वार्ताओं, युद्ध और बलिदानों से समृद्ध होता आया है। हमारी सभ्यता इस्लाम, ईसाई धर्म अथवा संयुक्त राष्ट्र के जन्म से बहुत पहले की है। हमारे देश ने इस दुनिया को 'वसुधैव कुटुम्बकम' की अवधारणा प्रदान की है। हमारे यहाँ किसी विचार या मान्यता का दमन नहीं किया जाता, बल्कि प्रत्येक मूलभूत और ज़रूरी बात का स्वागत होता है और सबके साथ उसे समाहित कर लिया जाता है।

हमारा देश, अपने भीतर पूरे विश्व को दर्शाता है। यदि हम यहाँ उपलब्ध संसाधनों पर नजर डालें तो भारत को समूचे विश्व का एक छोटा प्रतिरूप कहा जा सकता है। इस देश को प्रकृति और ईश्वर दोनों से आशीर्वाद प्राप्त है। भारत में लगभग हर तरह की मिट्टी, पेड़-पौधे और वातावरण उपलब्ध है। सियाचिन, संसार में दूसरी सबसे ठंडी जगह है, तो वहीं राजस्थान सबसे सूखा और गर्म मरुस्थल है। उत्तर-पूर्व में सबसे अधिक वर्षा होती है, तो पश्चिमी इलाक़े बिलकुल सूखे रहते हैं। उत्तर से दक्षिण तक आपको हर रंग और क़िस्म के लोग मिलेंगे, और यहाँ लगभग दो सौ भाषाएँ और सोलह सौ से अधिक बोलियाँ मिलती हैं। हमारे देश में विश्व का लगभग हर प्रमुख धर्म मौजूद है।

इसमें कोई आश्चर्य नहीं कि भारत में अजीबो-ग़रीब परंपराएँ और अंधविश्वास मौजूद है। साथ ही वैज्ञानिक सिद्धांत द्वारा पुष्ट उच्च कोटि के तर्क और मान्यताएँ भी मिलती हैं। ईश्वर में विश्वास नहीं करना और किसी धर्म को नहीं मानना भी भारत का एक धर्म है। यहाँ तथ्य और कहानियाँ आपस में इस तरह गुँथी हुई हैं कि इनमें से सत्य को अलग कर पाना लगभग असंभव है।

यह आश्चर्य की बात है कि आधुनिक भारत में संस्कृति, परंपराओं और सिद्धांतों में बहुत अधिक भिन्नता पाई जाती है, फिर भी हम नई चीज़ों को सीखने के लिए पश्चिम की ओर देखते हैं। इसका कारण विचारों की कमी नहीं, बल्कि आत्मविश्वास की कमी है। यह कमी अंग्रेज़ों द्वारा बनाई शिक्षा प्रणाली द्वारा धीरे-धीरे विकसित हुई है, जिसके माध्यम से अंग्रेज़ अपना शासन कुछ अधिक समय तक चला पाने में सफल हुए हैं।

स्वामी विवेकानंद का कहना था, "कोई देश तब तक प्रगति और समृद्धि की राह पर आगे नहीं बढ़ सकता, जब तक उसकी भावी संतति के पास गर्व करने या अपने देश से प्रेम करने के लिए कारण नहीं हो।" विवेकानंद का आशय निश्चित रूप से अपने गौरवशाली अतीत से रहा होगा, जिसके कारण नई पीढ़ियाँ खुद को अपने देश के गौरव से जोड़कर देख पाती हैं। एक ऐसा अतीत जो वर्तमान को प्रेरित करता है। अतीत में कुछ बड़ी उपलब्धियाँ हुई हैं तो उन्हें भविष्य में दोबारा प्राप्त किया जा सकता है।

इस पुस्तक के माध्यम से हम अपनी युवा पीढ़ी को एक वैकल्पिक उदारवाद और इतिहास देना चाहते हैं जो हमने पश्चिम से नहीं लिया, लेकिन फिर भी वह प्रामाणिक है, सत्य है और दस हज़ार घंटों के शोध से प्राप्त हुआ है। यह किताब हमारी पौराणिक कहानियों की प्रमाणिकता के बारे में बताएगी। इसमें हमने वैदिक संस्कृति और सिंधु घाटी सभ्यता के बीच की कड़ी खोजने का प्रयास किया है। इस पुस्तक में उन परिवर्तनों पर भी बात की गई है, जो वेदों के कारण मानव समाज में आए हैं और जिनकी वजह से हम विकसित हो पाए हैं।

हम आशा करते हैं कि ये पुस्तक, पाठकों के लिए भारत द्वारा विश्व सभ्यता में दिए बड़े और महत्त्वपूर्ण योगदान को समझने में सहायक होगी।

— पृथ्वीराज सिंह एवं पी. नरहरि

1

हिंदू धर्म से परिचय

उत्तरं यत्समुद्रस्य हिमाद्रे श्चैव दक्षिणम ।
वर्षं तदद्भारतं नाम भारती यत्र संततिः।।

विष्णु पुराण II, 3.1

'वह देश (वर्षम्) जो समुद्र के उत्तर में है और हिमालय के दक्षिण में है, उस देश का नाम भारत है और उसमें रहने वाले लोग भारतीय हैं।'

यह देश, इस ग्रह पर आधुनिक मनुष्य द्वारा उठाए गए प्रारम्भिक क़दमों का साक्षी रहा है। ऐसा देश, जो मध्य प्रदेश में भीमबैठका की चित्रकारी के रूप में हर्ष, दुख और प्रेम के तीस हज़ार साल पुराने इंसानी मनोभावों को दर्शाता आया है। यहीं इंसान ने खाना पैदा करना और उसका भंडारण सीखा। यहाँ प्राचीनतम मानव आवास के चिह्न मिलते हैं, जिनसे बाद में समाज बना। यह महान भूमि, सिंधु घाटी सभ्यता नाम की प्राचीनतम सभ्यताओं का जन्म स्थल रही है। यहाँ केवल ब्रह्माण्ड के रहस्यों को उद्घाटित नहीं किया गया, बल्कि गुरु-शिष्य परंपरा के माध्यम से ज्ञान के प्रचार-प्रसार की संस्थाएँ भी खड़ी की गई हैं। संसार में केवल इसी जगह 'वसुधैव

कुटुम्बकम' के दर्शन का प्रचार करना संभव था। यह कार्य इस देश में हज़ारों सालों पहले कर लिया गया। इस देश को विभिन्न युगों में विभिन्न नामों से पुकारा गया जैसे जम्बूद्वीप, अजनाभखण्ड और भारत। यहाँ समय-समय पर तरह-तरह की मान्यताएँ और उनके अर्थ देखने को मिले फिर भी इस देश ने सहिष्णुता, शांति और प्रेम के मूल विचार को अक्षुण्ण रखा।

> अयंनिजः परोवेति गणना लघुचेतसाम्।
> उदारचरितानां तु वसुधैव कुटुम्बकम्।।
>
> महोपनिषद VI.71-73
>
> 'केवल संकीर्ण विचारों वाले लोग भेद-भाव करते हैं। उदार चित्त के व्यक्ति के लिए पूरा संसार, उसका परिवार होता है।'

भारत ने निर्मम आक्रमण, प्रताड़ना और संघर्ष देखे हैं, लेकिन इसकी सांस्कृतिक जड़ें पहले की तरह क़ायम रही हैं। इस देश का मूल सिद्धांत इतना उदारवादी है कि वह हर नए विचार, दर्शन और वैज्ञानिक खोज का खुली बाँहों से स्वागत करता है। यहाँ तक कि विरोधी विचारधारा के साथ भी सामंजस्य के साथ वर्षों से निर्वाह हो रहा है। पश्चिमी जगत में जहाँ गैलीलियो, सुकरात और आर्कमिडीज जैसे विद्वानों को मार दिया या प्रताड़ित किया गया, वहीं हमारे देश में वैज्ञानिकों और विद्वानों को ऋषि या महर्षि कहकर सम्मानित किया जाता है। यहाँ तक कि चार्वाक की नास्तिक विचारधारा को, जो भौतिक लाभ को सर्वोपरि मानती है, भारतीय सभ्यता के छह मूल दर्शन सिद्धांतों में से एक माना जाता है। हमारी सभ्यता में स्वीकृति का भाव इतना ज़्यादा है कि भारत के केरल राज्य में प्राचीन समय के ईसाई लोग आज भी रहते हैं। मदीना के बाद विश्व की सबसे बड़ी मस्जिद, एक हिंदू राजा के आदेश पर केरल में बनवाई गई थी। यह उन चुनिंदा देशों में से एक है जहाँ यहूदी भी दो हज़ार साल से शांतिपूर्वक रहते आए हैं। प्रताड़ना से बचने के लिए बहुत-से जरस्थ्रु धर्म के लोगों ने यहाँ शरण ली और भारत को अपना घर बना लिया। यहाँ कुछ ऐसी जातियाँ भी हैं, जो रावण (सबसे बड़ा पौराणिक खलनायक) की मृत्यु का शोक मनाती हैं और निःसंकोच उसकी विद्ववता का प्रचार करती है।

इसी देश में, लोकतंत्र तब बहाल हुआ, जब पश्चिमी जगत में 'लोकतंत्र' शब्द की शुरुआत भी नहीं हुई थी। राजा भरत, जिनके नाम पर इस देश का नाम भारतवर्ष पड़ा, की तीन पत्नियाँ और नौ पुत्र थे। *महाभारत* के अनुसार भरत, युवावस्था में ही राजा बन गए और उन्होंने भारतीय उपमहाद्वीप को अपने अधीन कर लिया। भरत के मन में जब संन्यास लेने का विचार उत्पन्न हुआ तो उन्होंने अपने सभी नौ पुत्रों की बहुत ध्यान से परीक्षा ली। भरत ने उनके गुरुओं, मंत्रियों से बात की तथा जनता का मत जानने का भी प्रयास किया। लेकिन उन्हें अपने बाद अपना कोई पुत्र राजगद्दी का उचित उत्तराधिकारी नहीं जान पड़ा। उस समय सबसे बड़े पुत्र का राज्याभिषेक करने की परंपरा थी, लेकिन भरत का मानना था कि सही निर्णय करके प्रजा का कल्याण करना ही मुख्य धर्म है। भरत के इसी निर्णय ने भावी पीढ़ियों को अत्यंत गहराई से प्रभावित किया।

भरत जो बचपन से इतने बहादुर थे कि उन्होंने शेर के दाँत गिनने के लिए उसका जबड़ा खोल दिया था। उनके इस निर्णय ने भी आने वाली पीढ़ियों के लिए उदाहरण प्रस्तुत किया। आख़िर राजा भरत ने भरद्वाज ऋषि के पुत्र भूमन्यु को चुना और उसे अपने राज्य का उत्तराधिकारी नियुक्त कर दिया। ऋषि भरद्वाज का पुत्र, राजा बना और फिर बाद में उसी के वंश में भीष्म, पांडव और कौरवों का जन्म हुआ।

लेकिन जैसे-जैसे समय बीता भारत की सम्पन्न विरासत और इसका गौरव ख़तरे में पड़ गया। ऐसा बाहरी कारणों से नहीं, बल्कि अपनी ही सांस्कृतिक विरासत में आत्मविश्वास की कमी के चलते हुआ था। वह देश, जिसने दुनिया को इतना कुछ दिया, दुर्भाग्य से आज विदेशियों द्वारा दिए गए नाम से जाना जाता है। अंग्रेज़ों ने लोगों को गुलाम बनाकर उन पर शासन किया। उन्होंने लोगों से उनकी पहचान छीन ली; क्योंकि वे उन पर हुकूमत करना चाहते थे। निर्विरोध रूप से सफलता प्राप्त करने का यह सबसे आसान और सफल प्रयोग था। लोगों को उनके असली अतीत से दूर कर दो, उनका सांस्कृतिक इतिहास भुला दो और फिर उनके समक्ष नए सिद्धांत प्रस्तुत करो। अंग्रेज़ों ने हमारे साथ यही किया। उन्होंने हमारी जड़ें ही नहीं खोदीं, बल्कि हमें अपनी ही संस्कृति को लेकर शर्मिन्दा भी किया।

अंग्रेज़ी विद्वानों ने बहुत सोच-समझकर नए तथ्य प्रस्तुत किए और उन्होंने भारत को ऐसे देश के रूप में दर्शाया जहाँ जाति-व्यवस्था क्रूर थी

और संन्यासी, शरीर पर भभूत मलकर लोगों को धर्म के नाम पर बेवकूफ़ बनाते थे। उन्होंने बताया कि यह देश अनपढ़ व अंधविश्वासी लोगों से भरा पड़ा है। कालजयी भारत की अज्ञानता का प्रचार करने के दो कारण हो सकते हैं। एक, उन्होंने हमारे वैदिक ज्ञान को ठीक से नहीं समझा अथवा जानबूझकर उसकी उपेक्षा की। दूसरा, अंग्रेज़ों ने भारत को ऐसे स्थान के रूप में प्रस्तुत किया, जहाँ बीमारियों का इलाज, अजीब और गैर-वैज्ञानिक तरीक़ों से किया जाता है, जिनमें चिकित्सा और विज्ञान का प्रयोग नहीं होता। उन्होंने अज्ञानतावश या जानबूझकर सुश्रुत, पतंजलि, चरक जैसे बड़े और महान आयुर्वेदाचार्यों की विरासत की उपेक्षा की, जिनकी रचनाएँ चिकित्सा जगत के लिए आज भी प्रेरणा का स्रोत हैं।

एक और सिद्धांत जिसे अंग्रेज़ों ने बहुत सफलतापूर्वक हमारी शिक्षा प्रणाली और सामाजिक वातावरण में ज़बरदस्ती डाला वह यह कि अंग्रेज़ों के आने से पहले भारत का अस्तित्व ही नहीं था। उन्होंने भारतीयों को इस बात का विश्वास दिलाया कि यहाँ के लोग, एक ज़मीन पर रहने वाले विभिन्न संस्कृतियों के समूह थे, जिनके बीच एक-दूसरे के प्रति शत्रुता और वैमनस्य का भाव था। उन्होंने यह दर्शाया कि अंग्रेज़ी शासन व्यवस्था के कारण ही हमारा देश जुड़कर एक हुआ और उनके कारण ही अलग-अलग संस्कृतियों और उद्भवों के लोग यहाँ शांतिपूर्वक तरीक़े से साथ रह पाए हैं।

यह सिद्धांत अंग्रेज़ी शासन व्यवस्था का हमारे ऊपर दबदबा बनाने के उद्देश्य से शुरू हुआ था, लेकिन आज वर्षों बाद भी उसका प्रभाव देखा और महसूस किया जा सकता है। अंग्रेज़ों ने हमारे देश को केवल राजनीतिक दृष्टिकोण से एकीकृत किया। आज़ादी के बहत्तर साल बाद भी, भारत के शिक्षित और प्रबुद्ध वर्ग के बीच चर्चा का मनपसंद विषय यही रहता है कि अंग्रेज़ों के भारत आने से पहले इस देश का कोई अस्तित्व नहीं था। आज़ादी के बाद भारत ने अनेक वैज्ञानिक और आर्थिक उपलब्धियों द्वारा प्रसिद्धि अर्जित की। परन्तु आज़ादी के बाद की पीढ़ियों का यही मानना है कि मौजूदा भारत, अंग्रेज़ी हुकूमत के बाद का शेष बचा साम्राज्य है। पाश्चात्य जगत और वहाँ के ज्ञान के प्रति उनका लगाव इतना गहरा है कि उन्हें भारतीय होने पर गर्व महसूस नहीं होता। इसलिए भारतीयता में गौरव को पुनर्स्थापित करने के लिए सबसे पहले यह सिद्ध करना ज़रूरी है कि अंग्रेज़ों से पहले भी एक भारत था। अंग्रेज़ों ने हमारे देश को राजनीतिक तौर पर जोड़ा,

लेकिन हमारे बीच एकता का भाव सदा से मौजूद था। किताब के आरम्भ में दिए श्लोक में बताया गया है कि उत्तर में हिमालय से लेकर दक्षिणी समुद्र तक यहाँ का प्रत्येक व्यक्ति राजा भरत का वंशज है। इसका आशय यह है कि यहाँ लोग, परिवार की तरह रहते थे और इस उपमहाद्वीप के बाहर से आने वाला व्यक्ति, प्राचीन ग्रंथों में म्लेच्छ कहलाता था।

अंगुत्तर निकाय नामक बौद्ध-ग्रंथ में बुद्ध द्वारा ज्ञान प्राप्त करने से ठीक पहले उन्हें स्वप्न में पूर्वाभास हो गया था। सपने में बुद्ध, भारत देश पर लेटे हुए थे मानो वह कोई बड़ा-सा बिस्तर हो। इस स्वरूप में उनका सिर हिमालय पर टिका है, बायाँ हाथ पूर्वी समुद्र में तथा दाहिना पश्चिमी समुद्र में लटका है। दोनों पैर दक्षिणी समुद्र में दिखाए गए हैं। भारत के भूगोल को बुद्ध की शारीरिक मुद्रा से दर्शाना यह स्पष्ट करता है कि बुद्ध और उनकी विचारधारा में भारतीयता पहले से मौजूद थी। आदि शंकराचार्य ने भी जिस तरह चारों दिशाओं में चार मठों की स्थापना की, वह भी दिखाता है कि उनका उद्देश्य भारत को एक भौगोलिक क्षेत्र के रूप में प्रस्तुत करना था। उन्होंने देश के चारों कोनों में चार प्रमुख मठों की स्थापना की। उत्तर के उत्तराखण्ड राज्य में बद्रीनाथ के पास ज्योर्तिपीठ; पूर्व में ओडिसा राज्य के पुरी शहर में गोवर्धन पीठ; पश्चिम में गुजरात के द्वारका शहर में शारदापीठ और दक्षिण में कर्नाटक राज्य के श्रृंगेरी शहर में श्रृंगेरी पीठ की स्थापना की।

हिमालय को तकिया बनाकर भारत पर लेटे हुए बुद्ध। यह ज्ञान प्राप्त करने से पूर्व बुद्ध को आए पाँच स्वप्नों में से एक था।

इन चार मठ या पीठों की स्थापना करके आदिगुरु शंकराचार्य सनातन धर्म का प्रचार करना चाहते थे। भारत के लोगों में धार्मिकता की स्थापना करना उनका मुख्य उद्देश्य था।

हालाँकि यह बात सही है कि भारत के भीतर लोग अनेक क्षेत्रों में अधिकांश समय अंदरूनी झगड़ों में उलझे थे, लेकिन भारत के अंदर कोई सांस्कृतिक या सामाजिक सीमाएँ नहीं खिंची थीं। प्राचीन यूनान में जहाँ स्पार्टा, एथेंस और मैसोडोनिया के लोग एक-दूसरे से झगड़ते रहते थे, यूनानी होने का उनका भाव यथावत बना रहा। वे हर चार साल बाद अपने अंदरूनी झगड़ों को भुलाकर ओलिम्पिक खेलों के लिए जमा होते थे। इसी तरह भारत में शासकों ने राज्य की सीमाओं के विस्तार के लिए युद्ध लड़े, लेकिन देश के सामान्य लोग, किसी भेदभाव के बिना कुंभ मेले में हिस्सा लेते थे, ठीक उसी तरह जैसे यूनानी ओलिम्पिक खेलों में जाते थे। उत्तर भारत के एक ऋषि, जिनका नाम अगस्त्य था, ने तमिल भाषा के व्याकरण की रचना की और बाद में साहित्यिक कार्यों के चलते वे दक्षिणी सभ्यता के जनक कहलाए। इसी तरह शंकराचार्य को, जो सुदूर दक्षिण के रहने वाले थे, अपना गुरु मध्य भारत में मिला और उन्होंने अधिकांश समय उत्तर भारत में रहते हुए अपने संदेश का प्रचार किया। विचारों और भावों का यही उन्मुक्त आदान-प्रदान साबित करता है कि हमारे देश की सीमाएँ केवल राजनीतिक हैं, जबकि सांस्कृतिक, सामाजिक या आर्थिक स्तर पर उनमें कोई भेद नहीं है।

यह भी सत्य है कि इस भारत भूमि को विभिन्न लोगों द्वारा अलग-अलग समय पर विभिन्न नामों से पुकारा गया। इतने विशाल और विस्तृत क्षेत्र को लंबे समय तक साधकर रखना बहुत कठिन था। इसी विशालता के कारण इतने लंबे इतिहास में बहुत कम कालखंड ऐसे हैं, जब पूरे देश पर किसी एक राजा ने शासन किया। अंग्रेज़ों ने अपनी बेहतर संपर्क शक्ति और उन्नत संचार तकनीक की मदद से इस देश को 190 वर्षों से ज़्यादा अपने अधीन रखा।

इसी कारण अंग्रेज़, आज तक भारत में अपने शासनकाल के दौरान हुई प्रगति को लेकर दम भरते हैं। लेकिन वे इस बात से अनभिज्ञ हैं कि भारत और यहाँ के विद्वानों के कारण ही उन्होंने भी तरक़्क़ी की है। यह सर्वविदित है कि मध्यकालीन युग में जब इस्लाम का उदय हो रहा था और यूरोप में आधुनिकीकरण का समय चल रहा था, उस समय भारत और चीन

के समस्त ज्ञान का अनुवाद हो रहा था तथा उसे ईसाई और मुसलमान अपने धार्मिक युद्धों के लिए इस्तेमाल कर रहे थे। पश्चिम में कहा जाता है कि युद्ध सब आविष्कारों का जनक है। मूल रूप से यह प्रथम एवं द्वितीय विश्वयुद्ध के दौरान ऐरोनॉटिक्स, कार, इंजन, रबर, टायर, इंटरनेट, सुपर कंप्यूटर और अन्य चिकित्सा पद्धतियों में हुए आविष्कारों की ओर इशारा करता है। यह सब विश्वयुद्ध का परिणाम है। भारत और चीन की अधिकतर वैज्ञानिक खोज, व्यापार और वाणिज्य के माध्यम से अरब तक और फिर उससे आगे यूरोप जा पहुँचीं। परन्तु इन उपलब्धियों में अपना नाम जोड़ने की जल्दी और एक-दूसरे से श्रेय को झपटने की हड़बड़ी में उन्होंने इस ज्ञान के मूल स्रोत उपेक्षा की। इस किताब के एक अन्य अध्याय में विस्तार से बताया गया है किस तरह भारत में होने वाली खोज और आविष्कारों को मध्य प्रायद्वीप तक पहुँचाया गया और फिर बाद में पश्चिमी जगत ने इसका शोषण किया।

पराधीन भारतीयों की पीढ़ियाँ, जिन्हें अपने देश के इस शानदार ज्ञान से दूर रखा गया था, धीरे-धीरे अपनी मूल पहचान से दूर हो गईं और उन्हें ब्रिटिश साम्राज्य की प्रजा होने पर गौरव महसूस होने लगा। यह वही साम्राज्य था, जिसने इस आधी दुनिया पर लंबे समय तक शासन किया। आज तक भारतीय अपने सामाजिक मूल्यों के लिए पश्चिम द्वारा नियत प्रतिमानों की ओर देखते हैं। लंबा समय बीत गया, लेकिन अधिकांश भारतीय विद्वान आज भी अपनी समृद्ध परंपरा और विरासत को दोबारा प्राप्त नहीं कर सके। अतीत को देखने का ग़लत तरीक़ा शायद इस अलगाव का एक प्रमुख कारण हो सकता है। इस चोट के ऊपर अपमान का नमक तब लगा, जब दिल्ली को स्वतंत्र भारत की राजधानी घोषित किया गया। दिल्ली के साथ ज़रूरत से ज़्यादा लगाव ने भारतीय इतिहास के अवमूल्यन को और बढ़ावा दिया।

स्वतंत्र भारत की राजधानी के रूप में दिल्ली के चयन ने बहुत-से इतिहासकारों की विचारधारा को इतनी गहराई से प्रभावित किया कि उन्होंने इतिहास लिखते समय दिल्ली को भारतीय इतिहास का मुख्य केन्द्र मान लिया। इसी कारण इतिहासकारों ने जब भी दिल्ली के किसी शासक पर चर्चा की तो उसका महत्त्व इस तरह बताया मानो वह पूरे भारत का राजा रहा हो। हालाँकि सच्चाई यह है कि दिल्ली के बहुत कम शासक ऐसे हुए जैसे अकबर, जहाँगीर या औरंगजेब, जिन्होंने भारत के बड़े भू-भाग पर शासन किया था। अन्यथा मोहम्मद गौरी से लेकर बहादुरशाह ज़फ़र तक अधिकांश राजाओं

ने पिछले एक हज़ार वर्षों में न ही भारत के बड़े भू-भाग पर शासन किया और न ही भारत के निर्माण में ज़्यादा बड़ी भूमिका निभाई।

दिल्ली के प्रति रुझान के चलते जब इतिहास लिखा गया तो समकालीन भारत और अनेक गौरवशाली राजवंशों के बारे में जानकारी नहीं मिल पाई। हमारी इतिहास की किताबों में पूर्वी भारत के अहोम वंश के बारे में बहुत कम पढ़ने को मिलता है। इसके अलावा दक्षिण में चार शताब्दियों तक शासन करने वाला विजयनगर सम्राज्य जो कि भारत के सबसे समृद्ध और शक्तिशाली राजवंशों में से एक रहा है। विजयनगर साम्राज्य ने ना केवल सुल्तान शासकों के हमलों को सफलतापूर्वक झेला, बल्कि उन्हें हराकर अपने राज्य भी वापस हासिल किए। कृष्णदेव राय के शासनकाल में यह साम्राज्य अपने चरम पर था। पुर्तगाल के राजदूत फ़्रायर लुईस ने, जो उस समय कृष्णदेव राय के दरबार में रहते थे, इतिहास में दर्ज किया है कि उस समय किसी भी यूरोपीय शहर के पास विजयनगर जितनी सुंदरता, समृध्दि और शासन व्यवस्था नहीं थी। विजयनगर राज्य अपने समय का सबसे विकसित शहर था। यहाँ तक कि कला, साहित्य और निर्माण क्षेत्र में भी विजयनगर, दक्षिण एशिया के किसी भी दूसरे राज्य से बहुत आगे और सम्पन्न था। राजा कृष्णदेव राय के दरबार में अष्टदिग्गज कहे जने वाले आठ प्रमुख कवि होते थे। कला और साहित्य के प्रति लगाव के चलते कृष्णदेव राय को 'आंध्र भोज' की उपाधि दी गई थी। ऐसे कई कारणों से विजयनगर साम्राज्य का भारतीय इतिहास में बहुत महत्त्वपूर्ण स्थान है। लेकिन दुर्भाग्य से उसे मध्यकालीन इतिहास के एक छोटे-से अध्याय तक सीमित कर दिया गया।

मध्यकालीन भारत का एक और शानदार साम्राज्य चोल राजवंश था। वह अपने चरम पर धरती की कुछ सर्वशक्तिशाली ताक़तों में से रहा। उनका शासन पाँच लाख वर्गमील से भी ज़्यादा इलाक़े में था, जो ब्रिटेन के आकार से लगभग पाँच गुना है। जापान को छोड़कर चोल साम्राज्य, एशिया में इकलौता ऐसा साम्राज्य था, जिसने अन्य देशों में भी अपने पैर पसार लिए थे हालाँकि उनका शासन वहाँ बहुत कम समय तक रहा। चोल राजाओं ने श्रीलंका, अंडमान निकोबार द्वीप समूह के साथ बाली, जावा, सुमात्रा और इंडोनेशिया द्वीपों पर भी क़ब्ज़ा कर लिया था। यह चोल साम्राज्य की ही देन है कि सर्वाधिक मुसलमान आबादी वाले इंडोनेशिया देश में आज भी हिंदू संस्कृति देखने को मिलती है। सब जानते हैं कि इंडोनेशिया में रामायण पर

नाटक भी होता है और इंडोनेशिया की मुद्रा पर भारतीय देवी-देवताओं के चित्र अंकित हैं और उनके डाक-टिकट पर रावण पर राम की विजय दर्शायी गई है। उनका राष्ट्रीय प्रतीक गरुड़ है, जो भगवान विष्णु का वाहन है। उसी के नाम पर उनकी राष्ट्रीय एयर लाइन का नाम भी गरुड़ रखा गया है। बहुत-से इंडोनेशियाई लोगों के संस्कृत नाम होते हैं। उदाहरण के लिए उनके भूतपूर्व वित्त मंत्री और विश्व बैंक के पूर्व निदेशक का नाम श्री मुलयानी इंद्रावती था। इंडोनेशिया की सेना के पूर्व सेनापति का नाम जनरल घटोत्कच नूरमान्त्य था। लेकिन हम यह नहीं जानते और जानना भी नहीं चाहते कि दूसरा धर्म अपना लेने के शताब्दियों बाद आज भी इंडोनेशिया के लोग हिंदू धर्म की विरासत को इतना सम्मान क्यों देते हैं?

इसका उत्तर यह है कि वहाँ क़ानून और न्याय-व्यवस्था की नींव जिन राजाओं ने रखी, वे हिंदू थे। इसलिए वे लोग कला, साहित्य और शिक्षा के क्षेत्र में हिंदू शासनकाल में हुई प्रगति को याद रखना चाहते हैं। परन्तु यह कितने दुर्भाग्य की बात है कि एक ऐसा देश जो उत्तर पूर्व दिशा में हमसे बहुत दूर है, आज भी चोल विरासत को सम्मान देता है, जबकि हमने उसे अपने ही देश में भुला दिया है।

हमने अंग्रेज़ी और मुगल साम्राज्य के बारे में बहुत-सी किताबें पढ़ी हैं, लेकिन हमें चोल, सतवाहन और मराठा राजवंश के बारे में लोकप्रिय किताबें देखने को नहीं मिलतीं। इतिहास में मराठाओं का जो थोड़ा-सा उल्लेख मिलता है उसे पढ़कर भी हमें यह आभास नहीं होता कि अंग्रेज़ों ने भारत के शासन की बागडोर, मुगलों से नहीं, बल्कि मराठाओं से हासिल की थी। हमारी इतिहास की किताबों में लोधी, सैयद, ममलूक वंशों के काफ़ी उल्लेख मिलते हैं, लेकिन बाजीराव प्रथम और बाजीराव द्वितीय के नाम बहुत कम लिए जाते हैं। बाजीराव के बारे में हमारी पीढ़ी को एक फ़िल्म के माध्यम से पता लगा था। परन्तु सच्चाई यह है कि बाजीराव के सेनापति से अंग्रेज़ी सेना के जनरल बहुत प्रभावित थे। इस अजेय योद्धा की युद्धनीति का इस्तेमाल अमेरिकी गृहयुद्ध में भी किया गया। लेकिन भारतीय इतिहास की किताबों में उसका उल्लेख केवल पाद-टिप्पणी के रूप में मिलता है। हमारे इतिहास की किताबों में उन महत्त्वपूर्ण लड़ाइयों का कोई उल्लेख ही नहीं है, जहाँ भारत के स्थानीय राजाओं की जीत हुई थी। यही कारण है कि हमारा इतिहास

कई बार भारतीय राजाओं की पराजय की रिकॉर्ड-पुस्तक जैसा दिखाई पड़ता है।

जाने-अनजाने अतीत के इसी अवमूल्यन द्वारा हमें इस बात का विश्वास दिलाया गया है कि आधुनिक भारत, विदेशी ज्ञान के आधार पर समृद्ध और पोषित हुआ है।

जब कभी भारतीय सिद्धांत, दर्शनशास्त्र और धार्मिक ग्रंथों को समझने की बात आती है तो पश्चिम से प्रभावित हमारी विचारधारा हमें बहुत-सी चीज़ों को लेकर दुविधा में डाल देती है। हमारे ग्रंथों में दिए संदेश को समझने के लिए हमें सबसे पहले यह जानना होगा कि भारत में अन्य देशों की तरह चीज़ों को सरल करने या चीज़ों को सही गलत के मापदण्डों पर दर्ज करने का सिद्धांत पर आधारित नहीं था। हमारे ग्रंथों में ऐसी बहुत-सी बातें हैं जो अस्पष्ट हैं, लेकिन इस कारण किसी तरह की दुविधा या अज्ञानता या भ्रम नहीं उत्पन्न होता। चीज़ों को तर्कसंगत और सीधे, सरल ढंग से समझने का तरीक़ा भारतीय ग्रंथों को समझने में इसलिए कारगर सिद्ध नहीं होता, क्योंकि भारत का सौंदर्य उसके एकीकृत जीवन में समाहित है। यदि आप उसे अलग ढंग से नहीं देखेंगे तो वह आपको अव्यवस्थित और जटिल नजर आएगा। शुरू में आपको चीज़ें विरोधी और जटिल लगेंगी, लेकिन इनके पीछे शाश्वत विचारधारा है, जो हिंदू धर्म के मूल सिद्धांत को दर्शाती है और उसका समर्थन करती है।

भारत का मूल सिद्धांत कहता है कि सत्य एक सिरे पर नहीं होता और कोई चीज़ पूरी तरह अच्छी या बुरी नहीं होती। हमारे पुराण ऐसी कथाओं से भरे पड़े हैं, जो बताते हैं कि देवताओं ने भी ग़लतियाँ की और कई बार असुर और राक्षस दयालु और अच्छी प्रवृत्ति के होते थे। रामायण का एक रूप ऐसा भी मिलता है, जहाँ राम पर उनके किए कार्यों पर सवाल उठाए जाते हैं और रावण की अच्छे कामों के लिए प्रशंसा की जाती है। हर पात्र में त्रिगुण का मिश्रण होता है; इसलिए हर अच्छे इंसान में कुछ हद तक बुरी आदतें होती हैं और इसी तरह हर बुरे आदमी में भी अच्छे विचार और कृत्य पाए जाते हैं। इसलिए किसी भी पात्र को पूरी तरह अच्छा या बुरा कह देना हिंदू धर्म की मूल प्रवृत्ति के विरुद्ध है। कई ऋषि-मुनियों की तपस्या आसक्ति के कारण भंग हुई और कई असुरों ने अपनी इच्छाशक्ति के बल पर देवपद हासिल किया। यहाँ तक कि सर्वाधिक पूजे जाने वाले देवता जैसे राम, कृष्ण,

शिव और ब्रह्मा भी नैतिक रूप से हमेशा सही नहीं होते थे। उनसे हमेशा सदाचार की उम्मीद नहीं की जाती थी। सनातन धर्म में देवताओं के लिए ऐसा कोई प्रतिमान स्थापित नहीं किया गया। वास्तव में परमात्मा के साथ उनके मिलन के कारण ही उन्हें देव-पद प्राप्त हुआ है।

हम सबने हिरण्यकशिपु और कयाधु के पुत्र भक्त प्रह्लाद की कहानी सुनी है। हिरण्यकशिपु, भगवान विष्णु का कट्टर शत्रु था। उसने स्वयं को त्रिलोक का स्वामी घोषित कर दिया था। इसलिए हिरण्यकशिपु ने किसी और देवी-देवता की पूजा पर प्रतिबंध लगा दिया था। जो व्यक्ति उसकी आज्ञा का उल्लंघन करता, उसे हिरण्यकशिपु के क्रोध का सामना करना पड़ता था। परन्तु उसका अपना पुत्र प्रह्लाद भगवान विष्णु का अनन्य भक्त था और ईश्वर में इसी गहन निष्ठा के कारण प्रह्लाद, विष्णु का सर्वप्रिय भक्त बन गया। परंतु इसी कारण उसे हिरण्यकशिपु के अत्याचार और प्रताड़ना का भी सामना करना पड़ा। प्रह्लाद अपनी निष्ठा से नहीं डिगा। इसीलिए भक्त प्रह्लाद का भागवत पुराण में बहुत महत्त्व है। वैष्णव धर्म के अनुयायी प्रह्लाद के महत्त्व को गीता के इस श्लोक से समझा जा सकता है, जिसमें श्रीकृष्ण कहते हैं :

"मैं दैत्यों में भक्त प्रह्लाद हूँ और दमनकारियों में समय हूँ, पशुओं में सिंह हूँ और पक्षियों में गरुड़ हूँ।"

विष्णु को प्रह्लाद की उसके पिता हिरण्यकशिपु से रक्षा करने के लिए नरसिंह अवतार लेना पड़ा। हिरण्यकशिपु ने भगवान ब्रह्मा की तपस्या करके चालाकी से लगभग अमर होने का वरदान प्राप्त कर लिया था। उसने ब्रह्मा से यह माँगा कि उसकी मृत्यु ना धरती पर हो, ना आकाश में, ना अग्नि से, ना जल में, ना दिन में, ना रात में, ना घर से बाहर, ना घर के अंदर, ना किसी मनुष्य से और ना किसी पशु या देवता से हो, उसे मारने वाला ना निर्जीव हो और ना सजीव! इसलिए भगवान विष्णु ने आधे पुरुष और आधे सिंह का रूप लेकर हिरण्यकशिपु का वध किया। इस तरह ब्रह्मा द्वारा हिरण्यकशिपु को दिया अमरता का वरदान विफल हो पाया। भगवान विष्णु, नरसिंह के रूप में एक स्तंभ में से उस क्षण प्रकट हुए जब ना दिन था, ना रात्रि थी। वह स्तंभ, हिरण्यकशिपु के महल के प्रवेश द्वार की ड्योढ़ी पर बना हुआ था। इसलिए वह ना घर के भीतर था, ना बाहर। विष्णु ने उसे अपने नाखूनों से मारा जो ना सजीव होते हैं, ना निर्जीव। विष्णु ने जब

हिरण्यकशिपु को अपनी गोद में लिटाकर मारा तो वह न धरती पर था, न आकाश में। इस तरह विष्णु ने हिरण्यकशिपु का वध किया।

प्रह्लाद की उसके पिता हिरण्यकशिपु से रक्षा करने के लिए विष्णु ने नृसिंह रूप में अवतार लिया और इसके कुछ वर्षों बाद विष्णु के विरुद्ध प्रह्लाद ने युद्ध आरंभ कर दिया।

अन्त में प्रह्लाद असुरों का राजा बना और उसे अपनी प्रजा का भरपूर प्रेम और सम्मान प्राप्त हुआ। लेकिन जैसा पहले कहा जा चुका है कोई व्यक्ति पूरी तरह अच्छा या बुरा नहीं होता। हिंदू दर्शनशास्त्र यही कहता है। प्रह्लाद का बाद का जीवन इसी बात का एक विचित्र उदाहरण प्रस्तुत करता है। देवी भागवतम की एक कहानी में यह घटना उल्लेखित है जहाँ प्रह्लाद, और भगवान विष्णु को आपस में युद्ध करना पड़ा। वे दोनों एक-दूसरे से अनेक वर्षों तक लड़ते हैं और उस युद्ध का अंत किसी को दिखाई नहीं पड़ता। अंत में युद्ध रोक दिया जाता है, जिसमें दोनों में से किसी भी पक्ष की विजय नहीं हो पाती। इसके बाद प्रह्लाद अपने पुत्र विरोचन को राज्य सौंप देता है और तीर्थयात्रा पर चला जाता है। यह घटना प्रह्लाद की मूल प्रवृत्ति की विजय को दर्शाती है। आख़िरकार प्रह्लाद को मोक्ष प्राप्त हुआ और भगवान विष्णु ने उसे यह वरदान दिया कि अगले जन्म में प्रह्लाद ही 'मनु' बनकर पैदा होगा।

इसलिए हिंदू धर्म की विचारधारा अंदरूनी तौर पर अंधविश्वास को बढ़ावा नहीं देती, बल्कि ज्ञान को अधिक लचीले ढंग से प्रसारित और प्राप्त करने के लिए प्रेरित करती है। यह उन परंपराओं और धर्मों की तरह नहीं है, जो भारत से बाहर विकसित हुए और जिन्हें विरासत में प्राप्त किया

गया। व्यक्ति जन्म से लेकर मृत्यु तक उन धर्मों, दर्शन-सिद्धांतों, परंपराओं, अनुष्ठान आदि का पालन करता है। उस पर सवाल उठाने का मतलब ही नहीं है। परन्तु सनातन परंपरा में हम अपने गुरु से प्रश्न करते हैं (प्रश्नेन) फिर उसे सुनते हैं (श्रवण), उस पर विचार करते हैं (मनन), और फिर उस पर अमल (अभ्यास) करते हैं। उसके बाद ही हम किसी बात पर विश्वास करते हैं। इसका सबसे अच्छा उदाहरण भगवत गीता है, जिसे हिंदुओं का सबसे पवित्र धर्म-ग्रंथ माना जाता है। इसमें अर्जुन, 'नर' का अवतार है और वह 'नारायण' के अवतार भगवान श्रीकृष्ण से प्रश्न करता है। अर्जुन इस अध्याय में केवल प्रश्न ही नहीं करता, बल्कि ईश्वर के साथ वार्ता और तर्क-वितर्क भी करता है। अर्जुन, ऐसे प्रश्न केवल कृष्ण की दिव्यता से अनजान होने की अवस्था में ही नहीं, बल्कि उनका 'विश्वरूप' देखने के बाद भी करता है। अर्जुन, कृष्ण से घबराता नहीं है। ग्यारवें अध्याय में विराट स्वरूप देखने के बाद भी वह अगले सात अध्यायों तक लगातार कृष्ण से प्रश्न करता है। यह इस बात को दर्शाता है कि सनातन धर्म आपको पूरी स्वतंत्रता प्रदान करता है। यही कारण है कि गीता को भगवान का गीत कहा गया है। इसमें धर्म-सिद्धांत नहीं बताए गए। गीता में भगवान दिव्य शक्ति का प्रतिनिधित्व करते हैं और अर्जुन मानव मस्तिष्क की वास्तविक अवस्था को दर्शाता है, जो चीज़ों का मूल्यांकन करने, उनकी तुलना करके फिर उन्हें समझने के लिए विकसित हुआ है।

इस बात से कल्पना कीजिए कि भारतीयों को विरासत में किस तरह का ज्ञान मिला है। उनके पास भगवान से भी प्रश्न करने का साहस है। यह साहस भी ज्ञान से प्राप्त होता है। भारतीयों की सबसे बड़ी ख़ूबी उनकी तार्किकता और उनका उदारवाद है। लम्बे समय में हमने कई परिवर्तन देखे और तब एक समाज के रूप में हमारा विकास हुआ। हमने साहस और ज्ञान के बल पर कई चुनौतियों का सामना किया और हमने उस ज्ञान को हज़ारों वर्षों के अंतराल में एकत्रित किया है।

केवल भारत के लोग कामशास्त्र और ब्रह्मचर्य को एक साथ समझ सकते हैं। हमारे यहाँ हनुमान जैसा एक योगी है, जो अनासक्ति और ब्रह्मचर्य का प्रतीक है। वह भगवान राम का अनन्य भक्त है जहाँ भगवान राम स्वयं एक आदर्श पति बनकर उभरे हैं। भारत ऐसी भूमि है जहाँ शुकदेव जैसे सिद्ध तपस्वी कामनाओं और इच्छाओं से मुक्त हैं और दुख-सुख में सम

रहते हैं। उनकी नजर में स्त्री और पुरुष में कोई भेद नहीं है। उन्हें मनुष्य के अस्तित्व के हेतु की तलाश है। उन्हें राजा जनक को अपना आध्यात्मिक गुरु बनाने में संकोच नहीं होता जो खुद संसारिक सुखों में लिप्त हैं और जिनकी अनेक पत्नियाँ और बच्चे हैं।

हिंदुओं के बारे में सबसे बड़ी विडंबना यह है कि समूचा हिंदू समाज, विशेषकर आधुनिक समाज, जो जाति व्यवस्था के कारण बदनाम रहा है, उन ग्रंथों की बात करता है, जिन्हें वेद व्यास ने लिखा, जो स्वयं एक मत्स्य कन्या के पुत्र थे। उस कन्या ने राजा शांतनु से विवाह किया और फिर वह कौरवों और पांडवों की दादी बनी। इसलिए ऐसे समाज की कल्पना करना मुश्किल है, जिसने निम्न जाति में जन्म लिया और फिर आदरणीय संत और तपस्वी बन गया। और एक निम्न जाति में पैदा हुई औरत जो समाज के इतिहास के सबसे सम्मानजनक और समृद्ध परिवार की राजमाता बनी। इस बात ने मुझे यह सोचने पर विवश किया कि कोई समाज, जो व्यास द्वारा लिखित वेदों से प्रेरणा और मार्गदर्शन पाता है, अपने ही समूह के लोगों के प्रति जन्म के आधार पर अत्याचार कैसे कर सकता है? यहाँ हमारा उद्देश्य अतीत में 'शूद्रों' के साथ हुए अत्याचार को अस्वीकार करना या उसका समर्थन करना नहीं है।

यह संभव है कि हिंदू समाज की यही सजीवता इस अवमूल्यन का कारण रही हो। सनातन धर्म के सिद्धांत, 'आत्मा' की वास्तविक अवस्था को जानने और 'जीव' तथा 'आत्मा' के बीच के अंतर एवं उसके भ्रम को दूर करने पर ज़ोर देते हैं। जैसे-जैसे समाज का ढाँचा बदला, उच्च्च वर्ग ने लोगों को गुलाम बनाने के लिए नियम और क़ायदे-क़ानून बना लिए। शुरू में ये क़ानून प्रशासनिक थे, लेकिन बाद में इनके बनाने वालों ने इन्हें धार्मिक सिद्धांतों की तरह प्रस्तुत किया। हम यहाँ केवल वैदिक काल के लोगों के व्यवहार में आई भ्रष्ट प्रवृत्ति के उद्गम को समझने की कोशिश कर रहे हैं, जो प्रत्येक वस्तु में भगवान को देखने की बात करते हैं।

सामाजिक वर्गीकरण, ऐसी प्रणाली है जो धर्म, अर्थव्यवस्था या किसी भी रूप में सत्ता के नाम पर हर तीन-चार सौ सालों में स्वाभाविक तौर पर घटती है। हर समाज में यह होता है। कई बार कुछ विशिष्ट समूहों के लिए यह बहुत अत्याचार-भरी प्रक्रिया रही है। भारत इसका अपवाद नहीं है और यहाँ पर भी उच्च्च वर्ग के लोगों ने अपनी स्थिति को सुरक्षित रखने के

लिए कुछ विशेष समुदाय के लोगों को अपना गुलाम बनाने के क़ानून बनाए। ये पक्षपात-भरे नियम शुरू में प्रशासनिक क़ानूनों की तरह लागू किए गए, लेकिन बाद में इन्हें धर्म का हिस्सा बना दिया गया।

सभी पुराण, स्मृति, उपनिषद या संहिताएँ आदमी को अस्तित्व की पहचान का मार्ग दिखाते हैं। इतने धार्मिक ग्रंथ होने के बाद भी सनातन धर्म, यह स्वतंत्रता देता है कि आप अपनी वास्तविक स्थिति जानने के लिए अपनी पसंद का मार्ग चुन सकते हैं। हिंदू धर्म में यह विशेषता है कि वह बाहरी प्रभावों को आत्मसात करके उन्हें भारतीय स्वरूप प्रदान कर देता है। यही कारण है कि आज का आधुनिक हिंदू समाज बहुत आसानी से अन्य धर्मों और संप्रदाय जैसे ईसाई धर्म और इस्लाम की मान्यताओं और उनकी परंपराओं को भी आसानी से ग्रहण कर लेता है। आपको ऐसे लाखों हिंदू मिल जाएँगे जो निस्संकोच गिरजाघर या दरगाह में जाते हैं। केवल हिंदू ही नहीं, बल्कि भारतीय ईसाइयों और भारतीय मुसलमानों में भी यह विशेषता मौजूद है। भारतीय इस्लाम के दो प्रमुख तत्वों के उदाहरण आपको सूफ़ीवाद और कव्वाली में देखने को मिलेंगे।

समय-समय पर नए विचारों को आत्मसात करना और उन्हें अपनाना हिंदू धर्म की सबसे बड़ी विशेषता है। लेकिन जब भी इसके अनुयायियों की अज्ञानता के कारण ऐसा हुआ तो हिंदू धर्म का वास्तविक स्वरूप बिगड़ जाता है।

यह बहुत ज़रूरी है कि हम स्वयं सनातन धर्म को समझें। हमें यह काम दूसरों पर नहीं छोड़ना चाहिए। करोड़ों हिंदुओं वाले इस देश में हर तीसरा व्यक्ति हिंदू धर्म का पालन करता है और उसकी महानता को मानता है। लेकिन इतनी बड़ी जनसंख्या में एक प्रतिशत से भी कम लोगों ने सचमुच वेदों को पढ़ा है। अधिकांश लोगों की हिंदू धर्म के बारे में अवधारणा तैंतीस करोड़ देवी-देवताओं, मंदिरों और परंपराओं आदि तक ही सीमित है।

एक प्रसिद्ध अंग्रेज़ी लेखक जेन रॉबिन्सन ने कहा, "भारत के बारे में सबसे परेशान करने वाली बात यह है कि आप भारत के विषय में कुछ भी कहिए तो उसका विपरीत भी सही होता है।"

किसी ऐसे व्यक्ति के लिए, जो मूलतः भारतीय नहीं है, इस विचार को पूरी तरह समझ पाना बहुत कठिन हो सकता है। यह देश, दोनों में से किसी ध्रुव के नजदीक नहीं है। यह दोनों के बीच में स्थित है। यही

कारण है कि यहाँ कोई चीज़ पूरी तरह बुरी या अच्छी नहीं है, सत्य और असत्य नहीं है। इस देश में, केवल दान करने वाला दाता ही नहीं, बल्कि दान प्राप्त करने वाला भिक्षुक भी स्वर्ग जा सकता है। पाश्चात्य परंपरा से एकदम अलग भारतीय मान्यता यह है कि स्वर्ग, केवल युद्ध में विजयी होने वाले को नहीं मिलता, बल्कि उसे भी प्राप्त होता है जो शत्रु पक्ष की ओर से साहसपूर्वक लड़ा है। चूँकि कोई पूरी तरह बुरा या अच्छा नहीं होता; इसलिए यहाँ हर पात्र का त्रिगुण के आधार पर मूल्यांकन किया जाता है। सनातन धर्म में प्रत्येक व्यक्ति के भीतर परिवर्तन की संभावना देखी जाती है। हमारे देश की लोक कथाएँ, इस तरह की कहानियों से भरी पड़ी हैं जहाँ कोई अज्ञानी या पापी, मनुष्यों के लिए ही नहीं, बल्कि देवताओं के लिए भी पूज्य हो सकता है।

आदिगुरु शंकराचार्य भारत के सबसे अधिक सम्मानित दार्शनिकों में से एक हैं। उन्हें निर्विवाद रूप से अद्वैत वेदांत का प्रचारक माना जाता है और वह स्वयं ज्ञान का अवतार कहे जाते हैं। एक बार शंकराचार्य अपने शिष्यों के साथ काशी की सँकरी गलियों से मंदिर की ओर जा रहे थे तो उन्होंने एक चांडाल को अपनी ओर आते देखा। यह देखकर शंकराचार्य के शिष्यों ने हड़बड़ा कर चांडाल को आदिगुरु का मार्ग छोड़कर एक तरफ़ हटने के लिए कहा।

चांडाल ने विनम्रतापूर्वक शंकराचार्य से वेदांत में वर्णित 'परम सत्य' के विषय में कुछ प्रश्न किए। उनमें एक प्रश्न बहुत महत्त्वपूर्ण था। चांडाल ने पूछा, "आपको मार्ग, मेरा शरीर देगा या मेरी आत्मा?" चांडाल के प्रश्न ने शंकराचार्य को बुरी तरह झकझोर दिया। तभी उन्हें वेदांत का असली सिद्धांत याद आया। शंकराचार्य ने उसी सिद्धांत को सीखने और समझने में पूरा जीवन समर्पित कर दिया था। यह कथा इस बात का प्रतीक है कि सनातन धर्म में एक अशिक्षित और निम्न जाति का चांडाल भी उस समय के सबसे सम्मानित दार्शनिकों से प्रशंसा प्राप्त कर सकता था। इसलिए हमें सदा याद रखना चाहिए कि प्रत्येक व्यक्ति में जीव से शिव बनने और परिवर्तित होने की संभावना मौजूद होती है।

शंकराचार्य ने चांडाल को पाँच श्लोकों में उत्तर दिया, जिससे उनके गहरे ज्ञान और विश्वास का परिचय मिलता है। इन्हीं पाँच श्लोकों को बाद में 'मनीषा पंचकम' नाम दिया गया।

ब्रह्मैवाहमिदं जगच्च सकलं चिन्मत्रविस्तरितं
सर्वं चैतदविद्यया त्रिगुणया! शेषं मया कल्पितम् ।
इत्थं यस्य दृढा मतिः सुखतरे नित्ये परे निर्मले
चाण्डालोस्तु स तु द्विजोस्तु गुरुरित्येषा मनीषा मम ।।

मनीषा पंचकम : 2

'मैं ब्रह्म हूँ। यह सम्पूर्ण चेतना है, जो ब्रह्माण्ड में दिखाई पड़ती है। यह सब एक भ्रम है, जो मुझे अविद्या के कारण दिखाई पड़ता है। इसमें तीन गुण यानी सत, रज और तमस होते हैं। कोई भी व्यक्ति जिसने ब्रह्म के विषय में वह ज्ञान प्राप्त कर लिया है, जो शाश्वत, परम और पावन है। वही मेरा गुरु होगा चाहे वह ब्राह्मण हो या चांडाल।'

वैदिक संस्कृति की यह महानता नहीं है कि उसने राम, कृष्ण, बुद्ध, महावीर और नानक जैसे महान व्यक्तित्व दिए, बल्कि इस बात में है कि उस संस्कृति में ऐसे लोगों को बार-बार प्रकट करने की संभावना और क्षमता मौजूद है। सच्चे वैदिक ज्ञान की मदद से राजकुमारों और संन्यासियों ने भी देवत्व प्राप्त किया है। कई बार इसने चांडालों की अंतररात्मा को उद्वेलित किया है जैसा उपरोक्त उदाहरण में दिखाया गया है। अनेक बार पशु-पक्षियों ने भी देवत्व को प्राप्त किया है!

2

मिथकों का वास्तविक स्वरूप

हिंदू पौराणिक साहित्य और रामायण, महाभारत जैसे महाकाव्य, हमारे जीवन के ऐसे अभिन्न अंग बन चुके हैं कि बच्चे भी गुणों के आधार पर आपस में एक-दूसरे की इन पौराणिक नायक-नायिकाओं और पात्रों के साथ तुलना करते हैं। किसी भी स्वस्थ और शक्तिशाली ताक़तवर बच्चे को भीम कहा जाता है, या कोई खुश रहने वाला युगल हो तो उसकी तुलना राम-सीता की जोड़ी से की जाती है। लेकिन हमारे स्कूल के इतिहास की किताबों में पौराणिक साहित्य केवल फुटनोट तक ही सीमित हैं। इस बात पर विश्वास करना कठिन है कि इस शानदार अतीत को, जो इतिहास से भी पुराना है, हमारी आने वाली पीढ़ियों तक पहुँचाने योग्य नहीं समझा गया।

अपनी समृद्ध सांस्कृतिक विरासत की उपेक्षा करने का एक मुख्य कारण पाश्चात्य दृष्टिकोण है, जिसके द्वारा हमने इतिहास और उससे जुड़े प्रामाणिक दस्तावेज़ और रिकॉर्डों की छानबीन की है। मिस्र और मेसोपोटामिया के ऐतिहासिक प्रमाण काफ़ी हद तक सुरक्षित हैं, जबकि भारतीय पर्यावरण और वातावरण की स्थितियों को देखते हुए मज़बूत पत्थरों पर खुदे चित्र और प्रमाण भी एक निश्चित समय सीमा के बाद नहीं टिक पाते। लेकिन जाँच का यह तरीक़ा ग़लत हो सकता है। पुरातत्व सामग्री, फ़ॉसिल और शिलालेख ही केवल इतिहास के प्रमाण नहीं होते। इतिहास को नए ढंग से पढ़ने से भी हमें अतीत के बारे में जानने को मिलता है और हम भारतीय सभ्यता की अविश्वसनीय परंपरा से भी परिचित होते हैं। पौराणिक साहित्य को, जिसकी

आज तक उपेक्षा की जाती रही है, जीवित रखना अपने प्राचीन दस्तावेज़ों के महत्त्वपूर्ण स्रोत के रूप में नया प्रमाण बनकर उभर सकता है। कई मामलों में यह सत्य है कि लिखित शब्द, पत्थरों से भी ज़्यादा दृढ़ और मजबूत होते हैं।

भारतीय इतिहास का पहला नींव का पत्थर निकालने के लिए मोहन जोदड़ो यानि मर चुके लोगों के ढेर को खोजने की ज़रूरत नहीं है, बल्कि उसे जीवित समाज के बीच बेहतर ढंग से पाया जा सकता है, क्योंकि यह हमारी लोक-कथाओं और उन कहानियों में ज़िंदा है, जिन्होंने हमारी विचारधारा, और कर्म व धर्म को प्रभावित किया है। किसी भी समाज का मूल स्वभाव, उसकी आस्था और परंपरा द्वारा परिभाषित होता है। लेकिन विडंबना यह है कि हम ठोस प्रमाण पर अधिक विश्वास करते हैं और लोक-कथाओं और कहानियों की उपेक्षा की जाती है, जो हमारे समाज की नींव के मुख्य आधार होते हैं।

अमेरिकी कवि मुरील रुकेसर ने कहा, 'यह ब्रह्मांड परमाणुओं से नहीं अपितु कहानियों से बना है।' इतिहास के उदाहरण देखिए। यूनान के राजा मानते थे कि कोई व्यक्ति यदि युद्ध में वीरता प्रदर्शित करते हुए मारा जाए तो वह देवताओं की नगरी ओलिंपस में जाता है। इसी तरह अगर आप क्रूसयुद्ध का समय देखें, जहाँ इस्लाम और ईसाई विचारधारा के लोग अपनी धार्मिक प्रभुता को फिर से प्राप्त करने के लिए संघर्ष कर रहे थे, तो आप पाएँगे कि उनसे यही वादा किया गया था कि अगर वह धर्म के लिए लड़ते हुए प्राण गवाँते हैं तो स्वर्ग में उनके लिए जगह सुरक्षित रहेगी।

विश्व का इतिहास, उन कहानियों से या उन नेताओं से बना है जो अच्छे कहानीकार थे। आख़िर में, किसी भी समाज का व्यवहार, उसका दृष्टिकोण और उसके नैतिक मूल्य, कहानियों से ही विकसित होते हैं। कोई भी समाज जो जन्म और मृत्यु के बीच केवल एक जीवन में विश्वास करता है, वह निश्चित तौर पर सांसारिक सुखों की ओर अधिक झुका होगा। कोई ऐसा व्यक्ति जिसने पुनर्जन्म या मृत्यु के बाद जीवन की कहानियाँ नहीं सुनीं, वह किसी भी धर्म को बचाने के लिए अपना जीवन ख़तरे में नहीं डालेगा। इसलिए, लोककथाओं, कल्पना और कहानियों का उद्देश्य केवल संदेश देना नहीं होता। उनका प्रभाव बहुत ज़बरदस्त होता है। अगर आप ध्यान से देखें तो पाएँगे कि यह कहानियाँ, किसी भी समाज के निर्माण में मुख्य योगदान देती हैं।

हम जानते हैं कि प्राचीन भारत के लोग साहित्य के सभी क्षेत्रों में बहुत उन्नत और कुशल थे। लेकिन प्राचीन विद्वानों ने कभी अपने इतिहास को दर्ज करने के बारे में नहीं सोचा। हमारा प्राचीन साहित्य, अधिकतर धार्मिक ग्रंथों के रूप में उपलब्ध है, जो धार्मिक और कुछ हद तक सामाजिक टीकाओं के रूप में उपलब्ध है। परंतु सनातन धर्म का मूल सिद्धांत, संदेह में नहीं, बल्कि आस्था में विश्वास करता है। इसलिए इन्हें महाकाव्यों या कथाओं के रूप में प्रतिपादित किया गया है। ये कथाएँ ज्ञान और नैतिक मूल्य दर्शाती हैं, जबकि इनमें उस तरह की सूचना और सामग्री नहीं है, जिसे हम आजकल इतिहास में ढूँढ़ते हैं। सनातन धर्म, जीवनशैली को भी दर्शाता है, जो परम सत्य और 'स्वतः सिद्ध' की अवधारणा से मेल खाता है। यह ठीक वैसा है जिस तरह गुरुत्वाकर्षण, गणित या तर्क के नियम, किसी विवाद, वार्ता या सापेक्ष मत पर आधारित नहीं होते। इसको अधिक स्पष्ट करने के लिए आप उल्लू का उदाहरण देख सकते हैं। उल्लू, सूर्य के अस्तित्व को शायद ना भी माने परन्तु हमारा सौरमंडल, ग्रह और हम सबका अस्तित्व सूर्य की उपस्थिति का जीता-जागता प्रमाण है। इसी तरह सनातन धर्म जो प्रकृति और पुरुष के सूक्ष्म नियमों में ढला हुआ है, सभी तरह की पक्षपातपूर्ण विचारधाराओं से परे है। इसलिए वह नित्य हैं, वह हमेशा रहता है, वह अजन्मा है, क्योंकि उसका आरंभ नहीं है। वह अव्ययम है, क्योंकि उसका समय के साथ क्षय नहीं होता। ऋग्वेद के अनुसार वह अनंत और अपौरुषेय है यानी उसकी स्थापना किसी मनुष्य द्वारा नहीं हुई।

नित्य और अजन्मा होने के बाद भी सनातन धर्म लचीला है। वह कहता है कि केवल परिवर्तन स्थायी है। परमेश्वर के अलावा केवल परिवर्तन है, जो निश्चित और स्थायी है। जीवन अवधि के समाप्त होने पर इंद्र, वरुण और ब्रह्मा जैसे देवता भी बदल जाते हैं। कौवे के रूप में एक ज्ञानी तपस्वी काकभुशुंडी और ऋषि वशिष्ठ के बीच हुए संवाद में सृष्टि का उल्लेख मिलता है जिसकी रचना बिना त्रिदेव के हुई यानि देवता भी नित्य नहीं हैं। ब्रह्म के अतिरिक्त सब अनित्य अर्थात क्षणभंगुर हैं।

सनातन धर्म, विकास की बात नहीं करता। यहाँ अनुकूलन को विकृति के रूप में नहीं देखा जाता, बल्कि यह वो प्रक्रिया है, जिसे परिवर्तनशील माना गया है। सनातन धर्म बताता है कि वर्तमान में क्या उचित है और यह भी कि भविष्य में कुछ अलग भी उचित हो सकता है। सब संदर्भ के

अंतर्गत होता है। व्यक्ति बदलता है, परिस्थिति बदलती है और समय के साथ प्रकृति में भी परिवर्तन होता है। कोई शक्तिशाली पुरुष, किसी विशेष परिस्थिति में दुर्बल हो सकता है और कभी किसी दुर्बल को भी शक्ति और सामर्थ्य दिखाने का मौक़ा मिल सकता है। इसलिए हम जब किसी व्यक्ति या उसके कार्य का मूल्यांकन करते हैं तो उस क्षण उसकी परिस्थिति को ध्यान में रखना ज़रूरी है।

मार्कंडेय पुराण में एक सदाचारी और महान राजा हरिश्चंद्र की कथा आती है, जिसने अपने राज्य, अपनी पत्नी और अपने एकमात्र पुत्र के साथ खुद को भी बेच दिया, क्योंकि उसे ऋषि विश्वामित्र को दिया वचन पूरा करना था। वह अपने कर्तव्य और परिस्थितियों से बँधा था और विवश होकर हरिश्चंद्र जैसे निष्ठावान और दयालु राजा को भी अपनी पत्नी के साथ क्रूरतापूर्ण व्यवहार करना पड़ा। उनके एकमात्र पुत्र की जब मृत्यु हो गई और उसकी पत्नी के पास अंत्येष्टि के लिए पैसे नहीं थे तब भी वह पुरुष, जिसने धर्म की रक्षा हेतु अपना राज्य दे दिया, अपने ही पुत्र की अंत्येष्टि के लिए थोड़ा-सा कर माफ़ नहीं कर पाया। इस घटना से दुखी राजा हरिश्चंद्र और उसकी पत्नी दोनों ने आत्महत्या करने का निश्चय कर लिया। उस समय भगवान विष्णु और अन्य देवताओं ने उन्हें दर्शन दिए और उनकी निष्ठा के लिए उन्हें आशीर्वाद दिया। इसलिए हर कथा को समग्र रूप में देखना और समझना चाहिए। संदर्भ जाने बिना कोई भी व्यक्ति उस हरिश्चंद्र को जिसने एक माँ को अपने मरे हुए बेटे की चिता तक न जलाने दी हो को निर्दयी कह सकता है, लेकिन उसी हरिश्चंद्र की इंद्र समेत अन्य देवताओं ने प्रशंसा की। धर्म के प्रति उसकी निष्ठा से प्रभावित होकर इंद्र ने हरीशचंद्र को अपनी देवसभा में आमंत्रित किया। इस तरह हरिश्चंद्र की कथा हमें बताती है कि आनंद केवल जीवन की एक परिस्थिति है और यह क्षणभंगुर होता है। जीवन में हर घटना और परिस्थिति की अवधि छोटी होती है, चाहे वह खुशी की बात हो या दुख की। अलग-अलग परिस्थितियों में आपका व्यवहार और आपके कर्म अलग होते हैं। लेकिन धर्म के प्रति आस्था और निष्ठा, आजीवन अक्षुण्ण रहनी चाहिए। हिंदू धर्म हमें इसी बात की शिक्षा देता है।

धर्म शब्द का एक और सूक्ष्म अर्थ है। जीव विज्ञान के अनुसार, केवल उसी वस्तु को जीवित माना जाता है, जिस पर कोई प्रतिक्रिया होती है और जो विकसित होती है। उसी तरह सनातन धर्म भी बदल रहा है।

पिछले सैकड़ों वर्षों में उसने खुद को काफ़ी बदला है और यह बदलाव सामाजिक, आर्थिक और सांस्कृतिक परिवर्तनों के आधार पर हुआ है। पुरानी और गैर-ज़रूरी परंपराओं, सामाजिक कुरीतियों और अन्य कई कारणों से हमारी संस्कृति समय-समय पर बदलती रही है और इसने दूसरे धर्मों और परंपराओं को जगह दी है। इसी कारण बौद्ध, जैन और सिख धर्म के साथ अज्ञेयवाद और अनीश्वरवाद का उदय हुआ है।

ये अलग-अलग विचारधाराएँ, परस्पर एक-दूसरे की प्रतिद्वंद्वी हैं, लेकिन यह श्रेष्ठता के लिए चल रही रस्साकशी नहीं है, बल्कि एक तरह का मंथन है, जिसने सनातन धर्म के विकास में सहयोग किया है। हमने यहाँ जान-बूझकर 'मंथन' शब्द का प्रयोग किया, क्योंकि मंथन से कुछ नया उत्पन्न नहीं होता, बल्कि वह पहले से मौजूद चीज़ों को उद्वेलित करता है और अंदर छिपी निधि को बाहर निकालने का काम करता है। कई बार भगवान स्वयं धर्म की रक्षा के लिए अवतार लेते हैं और समाज का मार्गदर्शन करते हैं। अनेक मौक़ों पर वशिष्ठ, शंकराचार्य और व्यास जैसे ऋषियों ने अलग-अलग सिद्धांतों की स्थापना के लिए नियम बनाए और वे अपने समय में मौजूदा समाज के अनुकूल थे। इसलिए अंतिम संदेश या अंतिम पैगंबर या अंतिम अवतार जैसी अवधारणा नहीं होनी चाहिए। जब कभी मानवता या समाज पर संकट आता है या उसमें रहने वाले लोगों पर किसी तरह का ख़तरा उत्पन्न होता है तो ईश्वर उन्हें बचाने के लिए और मानवता को पथभ्रष्ट होने से रोकने के लिए स्वयं किसी रूप में प्रकट होते हैं।

यदा यदा हि धर्मस्य ग्लानिर्भवति भारत ।
अभ्युत्थानमधर्मस्य तदात्मानं सृजाम्यहम् ।।

भगवद्गीता, अध्याय 4, श्लोक : 7-8

'हे भरतवंशी, जब भी धर्म का क्षय होता है
और अधर्म बढ़ता है, मैं अवतार लेता हूँ।'

यह देखने के लिए कि धर्म के नियम समाज के विकास के साथ कब और कैसे विकसित हुए, हमें *धर्म* के क्रमिक विकास को समझना होगा। *महाभारत* का शांति पर्व, प्रजापति ब्रह्मा को प्रथम नियम निर्माता कहता है, जिसे मानव

समाज के 'राज्यशास्त्र प्रणेत्र' के रूप में प्रतिस्थापित किया गया है। उन्होंने नियम-क़ानून का पहली बार निर्माण किया। दंडनीति-शास्त्र को समाज की मौजूदा ज़रूरतों के हिसाब से समय-समय पर संक्षिप्त, संशोधित और सरलीकृत किया गया। 'दंडनीति-शास्त्र' की रचना विशालाक्ष ने की और उसे 'विशालाक्ष दंडनीति' कहा, जिसे फिर बृहस्पति ने संक्षिप्त रूप में तैयार किया। उसे फिर 'बृहस्पति-नीति' कहा गया। इसे महान विद्वान शुक्राचार्य ने अधिक संक्षिप्त कर दिया, जिसके आधार पर इसका नाम 'शुक्र-नीति' पड़ गया। 'अपस्तंभ धर्मशास्त्र,' 'बोधायन धर्मसूत्र,' 'विष्णु-स्मृति,' 'मनु-स्मृति,' 'नारद-स्मृति,' 'याज्ञवल्क्य-स्मृति' तथा 'पाणिनि-स्मृति,' सनातन परंपरा के कुछ ऐसे ग्रंथ हैं, जो अलग-अलग समाज के गठन के दौरान अलग समय पर रचे गए थे।

दुर्भाग्य से, उदारपंथी विद्वानों ने अंग्रेज़ों के आने से पहले संकीर्ण विचारधारा और पूर्वाग्रहों से ग्रस्त भारतीय समाज को दिखाने के लिए मनु-स्मृति का इस्तेमाल किया। परंतु सच्चाई यह है कि इनमें से अधिकांश स्मृतियाँ, मौजूदा पाश्चात्य समाज की तुलना में कहीं ज़्यादा आधुनिक और उदारवादी हैं। पाणिनि-स्मृति में स्त्रियों को अपना साथी चुनने और पुनर्विवाह करने की आज़ादी दी गई है। कई और स्मृतियाँ हैं, जो स्त्रियों को आधुनिक समाज से भी ज़्यादा अधिकार देते हैं। सभी प्रमुख मामलों पर निर्णय लेने से पहले उनकी राय ली जाती है। काफ़ी बाद तक भारतीय समाज में पर्दा-प्रथा जैसी कोई परंपरा नहीं थी। इसके विपरीत, प्राचीन काल में हिंदुओं ने हमेशा शारीरिक सौंदर्य की प्रशंसा की है। नवरसों में से एक श्रृंगार रस, खजुराहो के मंदिरों की दीवारों पर और प्राचीन नाटकों यहाँ तक कि कालिदास के विख्यात काव्य-ग्रंथों जैसे *मेघदूतम* और *रघुवंशम* में स्पष्ट तौर पर दिखाई पड़ता है।

विदेशी आक्रमणकारी, जब धर्म की कड़ी विचारधारा को लेकर यहाँ आए उसके बाद ही से हमारे समाज में परिवर्तन आया और हम उनकी तरह सोचने लगे। पाश्चात्य विचारधारा के साथ एक और अवधारणा हमारे यहाँ पैदा हुई और वह यह थी कि केवल वही स्त्री आदर के योग्य है, जिसने पूरे वस्त्र धारण किए हों। अन्यथा हिंदू धर्म में वेदों के सूक्त भी देवियों के शारीरिक गुण और लक्षणों की प्रशंसा करने में संकोच नहीं करते। लक्ष्मी की हमेशा उनकी बड़ी आँखों, तीखी नाक और आर्कशक शारिरिक संरचना के लिए प्रशंसा की जाती रही है। संस्कृति के रूप में हमें किसी नारी के

शारीरिक सौंदर्य को स्वीकार करने और उसकी प्रशंसा करने में कभी समस्या नहीं हुई। हमारे यहाँ जब से स्त्री के सौंदर्य की प्रशंसा को बुरा समझा जाने लगा उसके बाद ही पर्दा-प्रथा भी शुरू हुई। परंतु इस किताब के प्रत्येक अध्याय में इस बात को दोहराया गया है कि हमने पाश्चात्य प्रभाव के कारण हिंदू धर्म के प्रति हमारा दृष्टिकोण बदला। इसका एक कारण अंग्रेज़ों द्वारा हम पर 190 साल हुआ शासन भी था। हम अपने मूल्यों को पाश्चात्य दृष्टिकोण से मापने लगे, जिसके कारण धर्म की वास्तविक अवधारणा में विकार और मन में दुविधा उत्पन्न होती है।

यह पहले भी कहा जा चुका है कि परिवर्तन, मानव समाज का स्थायी व्यवहार है। व्यवहार, स्थायी पक्ष है इसलिए ईश्वर का प्रत्येक अवतार कोई संदेश लेकर आता है और उसके आने से समाज में परिवर्तन होता है। उदाहरण के लिए राम के अवतार लेने के बाद ईश्वर ने हमें नियमों का पालन करने का महत्त्व सिखाया। यह उपदेश उस समय विकसित होते समाज के लिए था, जिसने बाद में विवाह-प्रथा का अनुसरण किया। इसमें संबंधों को बेहतर ढंग से परिभाषित किया जाता था। सतयुग से भिन्न, त्रेतायुग के इस नए समाज में नियम और क़ानून थे और लोगों को उनका पालन करना पड़ता था। स्वयं राजा ने भी उन नियमों का पालन किया। राजा दशरथ ने अपनी पत्नी केकयी को विशेष परिस्थितियों में वचन दिए थे, लेकिन बाद में दशरथ, अपने दिए वचन से पीछे नहीं हटे। दशरथ ने अपने वंशज और अगले राजा राम को भी यही सिखाया कि धर्म के लिए किसी भी चीज़ को बलिदान किया जा सकता है। उस समय के लोग, द्वापर युग की तुलना में सरल और सीधे स्वभाव वाले थे।

> रघुकुल रीत सदा चली आई।
> प्राण जाए पर वचन न जाए।।
>
> रघुकुल की महान परंपरा में व्यक्ति के प्राणों से अधिक उसके वचन का महत्त्व है।

सतयुग में वेदों का ज्ञान होना सदाचारी होने के लिए पर्याप्त माना जाता था। लेकिन राम के युग में ज्ञान से ज्यादा महत्त्व अच्छे कर्मों का था। रावण बहुत

ज्ञानी था और उसमें अनेक गुण थे, लेकिन वह एक क्रूर खलनायक के रूप में उभरा। इस दृष्टि से देखें तो ज्ञान से अधिक महत्त्व कर्म का है। कई बार वेदों या पुराणों का ज्ञान व्यक्ति में बदलाव नहीं ला पाता। यह बात आज भी सत्य है। इसका आधुनिक उदाहरण ओसामा बिन लादेन है, उसके लिए कहा जाता है कि वह हाफिज-ए-कुरान था यानी उसे पूरी कुरान जबानी याद थी। वह तकनीकी रूप से अपनी पीढ़ी के सबसे उन्नत व्यक्तियों में से एक था। लेकिन उसका यह ज्ञान उसके कर्मों को नहीं सुधार पाया।

द्वापर युग में भगवान विष्णु, कृष्ण के रूप में अवतार लेकर समाज के लिए नया संदेश लेकर आए। वह ऐसा समय था जहाँ संबंधों में अधिक पवित्रता नहीं थी। उस युग में देवकी के भाई ने देवकी और उसके पति वासुदेव को बंदी बना लिया था। कंस ने यह सिर्फ़ इसलिए किया ताकि वह देवकी और वासुदेव के होने वाले बच्चों को उनके जन्म लेते ही मार सके। वह ऐसा युग था जहाँ सबसे प्रतिष्ठित और सम्मानित राजवंश के एक राजकुमार ने भरी राजसभा में अपने भाई की पत्नी के वस्त्र उतार देने का आदेश दे दिया था। उस समय लोगों ने अपने लाभ के लिए नियमों को तोड़ा-मरोड़ा। इसका सबसे बड़ा उदाहरण दुर्योधन है, जिसने नियम नहीं तोड़े, लेकिन उसने अनेक बार धर्म के सिद्धांत को छिन्न-भिन्न किया। जब उसने द्रौपदी के वस्त्र उतारने का आदेश दिया, तब उसने किसी नियम का उल्लंघन नहीं किया था, क्योंकि वह चौसर के खेल में जीता था और इस नाते जीती वस्तु के साथ मनमानी कर सकता था। महाभारत में शुरू से अंत तक दुर्योधन ने अनेक अपराध किए, लेकिन उसने कोई नियम नहीं तोड़ा। इसके विपरीत महाभारत के सूत्रधार कृष्ण ने धर्म को बचाने और अक्षुण्ण रखने के लिए अनेक बार नियम तोड़े। ऐसा करके कृष्ण ने यह संदेश दिया कि केवल ज्ञान और अच्छे कर्मों से काम नहीं चलता, बल्कि अंत में धर्म के प्रति निष्ठा से ही आपकी नियति तय होती है।

महाभारत के शांति पर्व में अर्जुन ने युधिष्ठिर से कहा, “अगर कोई ब्राह्मण भूल करता है तो उसे डाँट देना भी पर्याप्त दंड है। क्षत्रिय को कोई बड़ी ज़िम्मेदारी देना, उपयुक्त दंड माना जाएगा। वैश्य या व्यापारिक समुदाय के व्यक्ति को दंडित करना हो तो उस पर जुर्माना लगाना चाहिए। लेकिन ऐसा कहा गया है कि शूद्र को कोई दंड नहीं दिया जा सकता।”

काल के द्विभाजन को दर्शाता चित्र, जिसमें एक तरफ़ राम, पेड़ के पीछे छिपकर बाली को बाण मारते हैं; दूसरे हिस्से में राम अपने अगले अवतार कृष्ण के रूप में जरा नाम के शिकारी के बाण से स्वयं घायल हो जाते हैं।

परंतु आज हमारा समाज बराबरी और समानता के नियमों पर आधारित है। ऐसे में ये नियम काम नहीं करते। किसी भी तरह का भेदभाव स्वीकार्य नहीं है चाहे वह किसी भी धर्म और जाति का व्यक्ति हो। परंतु द्वापर युग के यह नियम कलियुग या सतयुग या फिर त्रेता युग में कारगर साबित नहीं हो सकते, क्योंकि हर युग में समाज की रचना अलग ढंग से होती है और उस समाज की संस्कृति का विकास भी भिन्न तरीक़े से होता है। उस समय केवल मनुष्य ही नहीं, बल्कि उसके जैसे अन्य प्राणी (वानर या एप) जैसे बाली और अंगद भी समाज का हिस्सा थे। सुग्रीव की मदद के लिए राम ने पेड़ के पीछे से छिपकर बाली को मारा था। मरते समय बाली ने राम से पूछा, "अगर आप सीता की रक्षा हेतु सुग्रीव के पास ना जाकर मेरे पास आते तो मैं भी आपकी मदद कर सकता था। आपने मेरा वध क्यों किया? अगर मैंने कोई अपराध किया तो भी मुझे मारने का आपको क्या अधिकार है?" उस समय राम ने बाली को उत्तर दिया, "छोटा भाई, पुत्र के समान होता है और उसकी पत्नी, पुत्री-वत होती है। तुमने अपने छोटे भाई की पत्नी का अपहरण किया, उसका राज्य छीना, जो निश्चित रूप से अक्षम्य अपराध और अमानवीय कृत्य भी है।" राम ने यह भी कहा कि उन्हें राजा भरत ने इस बात की अनुमति दी है कि वह जहाँ भी अन्याय देखें तो अपराधी को दंडित करें। यहाँ बाली ने फिर राम से कुछ ऐसा कहा, जिसका अंत महाभारत-युद्ध में हुआ। बाली ने राम से कहा, "जिन नियमों की आप

बात कर रहे हैं, वे नियम आपके महल में चलते हैं। वे रघुकुल के नियम हैं और मनुष्यों पर लागू होते हैं। लेकिन हम वानर हैं। पशुओं के संबंध, इस तरह परिभाषित नहीं होते। यहाँ पशुओं में संभोग के लिए संबंधों की बाधा नहीं होती। इसलिए आपके द्वारा अपने नियमों के आधार पर मुझे दंडित करना उचित नहीं है। मेरा समाज आपके समाज से अलग है; इसीलिए हमारे नियम भी आपके नियमों से भिन्न हैं।" कहा जाता है कि इस कहानी का अंत महाभारत पर जाकर हुआ। युद्ध के बाद कृष्ण, एक वृक्ष के नीचे समाधि में बैठे थे। तभी जरा नाम के एक शिकारी ने कृष्ण के पैर को हिरण का मुख समझकर उस पर बाण चला दिया जिसने कृष्ण को घायल कर दिया। शिकारी को जैसे ही अपनी भूल का अहसास हुआ, उसने भगवान से क्षमा माँगी। कृष्ण ने उसे सांत्वना देते हुए कहा कि वह त्रेतायुग में राम बनकर पैदा हुए थे और उन्होंने पेड़ के पीछे से छिपकर बाली को मारा था जिसका बदला उन्हें इस जन्म में चुकाना था। मृत्यु लोक में प्रत्येक व्यक्ति को कर्म के सिद्धांत का पालन करना पड़ता है। यहाँ तक कि कर्म के नियम से भगवान भी नहीं बच सकते और वह भी धर्म के द्वारा नियंत्रित होते हैं। कोई चीज़ सही या ग़लत, अच्छी या बुरी नहीं होती। आप जो कार्य अपनी चेतना के अनुसार करते हैं और जो बात आपकी अंतरात्मा को धर्म के निकट लेकर जाती है, वह सही है। आपकी चेतना का विकास होता है तो आप ब्रह्मांड के समीकरण का हिस्सा बनते चले जाते हैं।

विभिन्न परिस्थितियों में अलग तरह से व्यवहार किया जाता है और अलग लोगों के लिए अलग तरह के संदेश होते हैं। महाभारत में सबसे श्रेष्ठ और सम्मानित पात्र भीष्म का था जिन्होंने धृतराष्ट्र को बलिदान और सत्ता के विकेंद्रीकरण का उपदेश दिया। लेकिन महाभारत के अंत में उन्होंने युधिष्ठिर को अलग तरह का संदेश दिया है। उस उपदेश को आज के आधुनिक विचारक यदि समग्र रूप से नहीं समझें तो शायद उस उपदेश को पूँजीवादी का नाम दे दिया जाए। एक मदांध राजा को सत्ता और धन के विकेंद्रीकरण का उपदेश दिया गया और किसी अन्य नवोदित राजा को, जिसका युद्ध के परिणामों से राज्य का मोहभंग हो गया, अलग संदेश दिया गया है क्योंकि उस युद्ध में उसने अपने प्रियजनों को खो दिया था।

भीष्म अपने उपदेश में युधिष्ठिर से कहते हैं, 'राजा के लिए धन जोड़ना आवश्यक है। धन की सहायता से ही राज्य और धर्म समृद्ध हो

सकता है। आज तक किसी ने धर्म या अधर्म का प्रत्यक्ष परिणाम नहीं देखा; इसलिए राजा को सदा शक्ति संचित करने का प्रयास करते रहना चाहिए। धर्म की अपेक्षा शक्ति अधिक ज़रूरी है, क्योंकि शक्ति पर ही धर्म निर्भर करता है। राजा को ऐसे लोगों का धन नहीं लेना चाहिए जो बलिदान देते हैं। वह चोरों और अपराधी क़िस्म के लोगों से धन ले सकता है।"* युधिष्ठिर के मन में इतिहास के सबसे नृशंस युद्ध के बाद मन में ग्लानि हुई। परंतु उसे वही उपदेश नहीं दिया जा सकता जो लालची और असुरक्षित राजा को दिया जाता है। दोनों तरह के राजाओं के साथ अलग तरह का व्यवहार किया जाता है। सनातन धर्म अपने अनुयायियों को स्वतंत्रता देता है। इस धर्म में विभिन्न विचारधाराएँ, आस्था के प्रतीक हैं और अलग-अलग लोगों की अलग प्रवृत्तियाँ हैं। इसलिए उनके लिए अलग तरह का आध्यात्मिक ज्ञान उपलब्ध है।

सनातन धर्म में शंकराचार्य अत्यंत व्यावहारिक विचारक और चिंतक थे। उन्हें उतना ही सम्मान दिया गया है, जितना मीराबाई को दिया गया था। मीरा, एक भावुक भक्त थीं, जिन्होंने भक्ति-मार्ग का अनुसरण किया और पूरा जीवन कृष्ण के प्रेम में बिता दिया, जबकि कृष्ण उनसे हज़ारों वर्ष पहले हुए थे। अगर आधुनिक दृष्टिकोण से देखा जाए तो यह बिलकुल व्यवहारिक नहीं लगता।

हमारे सामने महाकवि तुलसीदास का भी उदाहरण है, जिन्होंने *रामचरितमानस* और अन्य अद्भुत साहित्य की रचना की। इसके साथ हमारे सामने धन्ना जाट की कहानी भी है, जो एक अशिक्षित किसान था, जिसके भोलेपन एवं निष्ठा ने उसे शंकराचार्य, रमण महर्षि और कबीर के समतुल्य लाकर खड़ा कर दिया।

---

* *शांतिपर्व :* आर.एस. विद्यापीठ द्वारा लिखित, *समरी ऑफ़ द महाभारत।*

3

वैदिक कालीन हड़प्पा

हम जब मानव इतिहास और विशेष तौर पर मानव सभ्यता के इतिहास का अध्ययन करते हैं तो पता लगता है कि अर्थव्यवस्था और धर्म इसके दो सबसे सशक्त तत्व रहे हैं।

हम जब यूरोपीय समाज के विज्ञान, लोकतंत्र, चिंतन, राजनीतिक स्वतंत्रता, कला और संस्कृति जैसे तत्त्वों पर ज़ोर देते हैं तब हमें पता लगता है कि इनका उद्भव, ईसाई धर्म और जुडाइज्म के आगमन से बहुत पहले पश्चिमी जगत में तत्कालीन यूनानी-रोम संबंधी पेगन धर्म से हुआ है। इसी तरह इस्लाम धर्म की छत्रछाया में अब्बासिद ख़लीफ़ा द्वारा बगदाद में बैत-अल-हिक्मा (बुद्धि का केंद्र) की देख-रेख और उसकी नींव के माध्यम से ही अरब प्रदेश में अलजेब्रा, रसायन-शास्त्र, चिकित्सा, खगोल-विज्ञान और प्रकाशिकी जैसी शाखाओं का विकास संभव हो पाया। भारत में भी ऐसे सब बड़े काम गुरु और गुरुकुल के द्वारा संपन्न हुए। हमारे ऋषि-मुनि, वैज्ञानिक थे और उनके द्वारा हुई खोज और शोध वेदों अथवा अन्य धार्मिक ग्रंथों से ही प्रेरित है। इनमें परस्पर सामंजस्य दिखाई पड़ता है; इसलिए यह नव-विकसित अवधारणा ठीक नहीं लगती कि विज्ञान और धर्म साथ नहीं चल सकते।

किसी भी सभ्यता के विकास से पहले उसकी अर्थव्यवस्था को सुधारना आवश्यक होता है। कृषि-उत्पाद में बढ़ोतरी द्वारा हम आजीविका कमाने-भर से आगे बढ़कर विकास की दिशा में चलने के लिए प्रेरित होते हैं। खपत से अधिक उत्पाद करके और अपनी जीवनशैली को सुधारने में उसका उपयोग

करके लोग छोटे-छोटे घरों से शहरों में और फिर वहाँ से महानगरों तक पहुँचे हैं।

इक्कीसवीं शताब्दी में हम अपने अतीत को खँगालते हैं तो हमें इस बात के ठोस और पर्याप्त प्रमाण मिलते हैं कि हमारी सभ्यता प्राचीनतम सभ्यताओं में से एक है और हम मानव समाज की स्थापना करने वालों में शामिल रहे हैं। उन्नीसवीं शताब्दी में स्थिति बिलकुल अलग थी। परन्तु जब भारत का इतिहास, भारत की ओर सिकंदर के बढ़ते क़दमों से शुरू होता था, अधिकांश लोग अपनी विरासत से अनजान थे, उस समय प्राचीन हड़प्पा नगरों को अत्यंत कुशल और सुचारू ढंग से नियोजित किया गया था, 1911 में एक भारतीय पुरातत्व विशेषज्ञ डी.आर. भंडारकर ने इसे खोज निकाला। वर्षों तक खोजने के बाद 1924 में भी जब विश्व की किसी इतनी उन्नत सभ्यता के प्रमाण नहीं मिले तब भारतीय पुरातत्व सर्वेक्षण निदेशक सर जॉन मार्शल ने यह घोषणा की कि हमें सिंधु-घाटी की सभ्यता खुदाई में प्राप्त हुई। इस एक घोषणा से भारत का ज्ञात इतिहास 3000 साल पीछे चला गया। पश्चिमी जगत में भारत की छवि रातों-रात बदल गई। अंधविश्वास, सँपेरों, शिकारियों और असभ्य लोगों की धरती कहा जाने वाला भारत देश, अचानक सभ्यता का उद्‌गम स्थल बन गया।

इसमें कोई आश्चर्य नहीं कि भारत में आए अंग्रेज़ी शासक, मिशनरी और दूसरे अफ़सर चाहते थे कि भारतीय उपमहाद्वीप का इतिहास उनके अनुकूल प्रस्तुत किया जाए। अंग्रेज़, जर्मन, यूरोपियन और बहुत-से भारतीय बुद्धिजीवी जो ब्रिटिश-शासित भारत में रहते थे, यही मानते थे कि 1500 ई.पू. में एक नृशंस बंजारा जाति ने उत्तर पश्चिम दिशा से भारत पर आक्रमण किया। उसे आर्य जाति कहा गया। उनका मानना था कि वे ख़ैबर या बोलन दर्रे से आए थे। उनका आगमन मध्य एशिया और यूरोप से इन दर्रों के जरिए हिंदूकुश पर्वत-श्रृंखला में हुआ और उन्होंने यहाँ के स्थानीय द्रविड़ लोगों को पराजित करके पीछे धकेल दिया। इसी सिद्धांत को लोग 'आर्य आक्रमण सिद्धांत' के नाम से जानते हैं।

यह ग़लत ढंग से प्रचारित किया गया कि सारा वैदिक ज्ञान और बौद्धिक निधि, विदेश से प्राप्त हुई। आर्यों के विस्थापन का यह सिद्धांत उन्नीसवीं शताब्दी के मध्य में एक जर्मन भाषाविद् और संस्कृत विद्वान मैक्स मूलर ने प्रस्तावित किया था। उसका मानना था कि बहुत-से लोग मध्य

एशिया से भारत में आए और उन्होंने दक्षिण एशियाई जनसंख्या को आकार और रूप देने में महत्त्वपूर्ण भूमिका निभाई। यह भी कहा गया कि भारत में यूरोपियाई भाषा परिवार और जाति-व्यवस्था का आरंभ भी उसी समय हुआ। इस 'आर्य आक्रमण सिद्धांत' के राजनीतिक झुकाव का कारण यह था कि इसमें ऐसा उदाहरण प्रस्तुत किया, जिससे भारत में अंग्रेज़ी शासकों की भूमिका और उनकी स्थिति को बल मिला। उनका कहना था कि उन्होंने भारत को उसी तरह बेहतर रूप प्रदान किया है जैसे हज़ारों वर्ष पहले आर्य जाति ने किया था।

भारत के प्राचीनतम ग्रंथों को पढ़ने का उनका तरीक़ा अलग था। वे हमारे वेदों की तुलना यूरोपीय पौराणिक साहित्य और भाषिक अध्ययन से करते थे। उन्होंने निष्कर्ष निकाला कि भारत का अपना कोई इतिहास नहीं था। उन्होंने कहा कि सभी प्राचीन भारतीय ग्रंथ अवैध थे या उनमें पुराणों का घालमेल था और इसीलिए वेदों में यूरोप के लोक-साहित्य की झलक देखने को मिलती है। यह भी निष्कर्ष निकला गया कि इन ग्रंथों का उद्गम-स्थल यूरोप था और उन्हें भारत में भी आर्य लेकर आए। इसका परिणाम यह हुआ कि समस्त भारतीय साहित्यिक विरासत को पाश्चात्य दृष्टिकोण से देखा जाने लगा। इसी उद्देश्य से ब्रिटेन के प्रधानमंत्री स्टैनली बाल्डविन ने जान-बूझकर 1929 में हाउस ऑफ़ कॉमन्स में भारत पर प्रभुता स्थापित करने के उद्देश्य से यह वक्तव्य दिया :

> "वर्षों बाद नियति द्वारा महान आर्य वंश की दोनों शाखाएँ फिर से मिल गई हैं। भारत में ब्रिटिश शासन स्थापित करके ईश्वर ने अंग्रेज़ों से कहा है कि मैं तुम्हें और भारतीयों को लंबे वियोग के बाद फिर साथ ले आया हूँ... उन्हें अपने स्तर तक लेकर आना अब तुम्हारा कर्तव्य है... तुम दोनों भाई हो..."

1946 में भारतीय पुरातत्त्व सर्वेक्षण के महानिदेशक मॉर्टिमर व्हीलर नरसंहार-सिद्धांत लेकर आए। उन्हें हड़प्पा में एक किले की दीवार मिली और जब उन्हें पता लगा कि आर्य, इंद्र को पुरंदर (पुर का विध्वंसक) कहते हैं, तब उन्होंने आर्यों पर हड़प्पा सभ्यता नष्ट करने का आरोप लगाया। अपने इस सिद्धांत के समर्थन में व्हीलर ने मोहनजोदड़ो में प्राप्त मनुष्य के कंकाल

भी दिखाए और कहा कि इन सब लोगों को आर्य आक्रमणकारियों ने मारा था। लेकिन बाद में इन्हीं महानिदेशक के एक शिष्य ने इस सिद्धांत का खंडन किया। भारतीय पुरातत्त्व सर्वेक्षण के एक दूसरे महानिदेशक बी.बी. लाल ने व्हीलर के नर-संहार सिद्धांत को झूठा बताया और कहा कि ये कंकाल किसी और खुदाई में प्राप्त हुए थे; इसलिए इनकी मृत्यु अन्य किसी समय पर हुई होगी। उन्होंने यह भी कहा कि बाहर से आए आक्रमणकारियों द्वारा नरसंहार के ऐसे प्रमाण कहीं और नहीं मिलते।

वे पुराण शास्त्री, जो इस 'आर्य आक्रमण सिद्धांत' का समर्थन करते हैं, मानते हैं कि आर्य यहाँ के निवासियों से श्रेष्ठ थे, क्योंकि उनके पास बेहतर हथियार थे और वे घुड़सवारी कर सकते थे। यह सिद्धांत आर्यों को इस बात का श्रेय देता है कि वह भारत में घोड़े लेकर आए, जबकि मध्यप्रदेश में भोपाल के निकट विश्व सांस्कृतिक विरासत भीमबेटका में बनी शैल-चित्रकला साफ़ दर्शाती है कि प्राचीन भारत में युद्ध और शिकार में घोड़ों का इस्तेमाल किया जाता था। यह चित्रकारी 6,000 से 30,000 साल तक पुरानी हो सकती है। यह दिखाती है कि उस समय शिकार पर जाने वाले लोग भाले, ढाल, तलवार और धनुष का इस्तेमाल और घोड़े की सवारी भी करते थे। इसलिए यह स्पष्ट है कि प्राचीन भारत के लोग ना केवल घोड़े पालते थे, बल्कि वे कुशल घुड़सवार भी थे। तभी उनका शिकार आदि में इस्तेमाल किया जाता था। यह बात आर्यों के आने से बहुत पहले की है।

बी.बी. लाल ने पुरातत्व प्रमाणों पर आधारित ऐसी कई किताबें लिखी हैं जो यह पुष्टि करती हैं कि हड़प्पा संस्कृति काफ़ी हद तक वैदिक थी। उदाहरण के लिए हड़प्पा की मुहरों पर ॐ का चिह्न मिलता है। उन पर अश्वत्थ वृक्ष का पत्ता और स्वास्तिक का चिह्न भी नज़र आता है। ॐ का उल्लेख भागवद् गीता के अलावा मुंडक उपनिषद में भी हुआ है। अश्वत्थ वृक्ष को आत्रेय उपनिषद और शतपथ ब्रह्मण तथा तैत्तिरीय संहिता और कात्यायन स्मृति में भी वर्णित किया गया है। वेदों में ऐसी ज्यामितीय बनावट वाली अनेक यज्ञ वेदियाँ भी मिलती हैं। इनका प्रमाण राजस्थान के कालीबंगा क्षेत्र में मिला है। 1940 में एम.एस. वत्स नामक पुरातत्व विशेषज्ञ ने हड़प्पा में तीन शिवलिंग खोजे थे, जो लगभग 5,000 साल पुराने थे। वे यह साबित करते हैं कि हड़प्पा संस्कृति के लोग शिव-भक्त थे जैसा कि महानारायण उपनिषद में भी लिखा है। बहुत-से यूरोपीय विचारधारा के

विद्वानों ने लाल के इस शोध का मज़ाक़ उड़ाया और उसे पूरी तरह ख़ारिज कर दिया। उन पर हिंदू विचारधारा का विद्वान होने का लेबल भी लगा। उन्होंने यह प्रश्न भी उठाया कि लाल के पुरातत्व विश्लेषण में उस समय की सामान्य मुहरों में सर्वाधिक पाए जाने वाले एक सींग के गैंडे का उल्लेख क्यों नहीं है? जिसे 'यूनिकॉर्न' माना जा सकता है। यह प्राणी भारतीय लोक-कथाओं का हिस्सा नहीं था, लेकिन यह पश्चिमी एशिया और यूरोप का मिथकीय प्राणी हो सकता है।

तथ्यपरक पुराणविद् मानते हैं कि हड़प्पा में प्राप्त चिह्न पूरी तरह प्रतीकात्मक हैं और उन्हें जीव-विज्ञान के संदर्भ अथवा प्रजाति के रूप में नहीं देखा जाना चाहिए। इन मुहरों के साथ असाधारण आकृति वाले किसी पशु के भी अनेक अनेक चिह्न मिलते हैं, जैसे हाथी या शेर या साँप की पूँछ और हिरण के पैर, जो शायद उस समय मौजूद रहे होंगे। इनसे मिलते-जुलते कई प्रतीक ऋग्वेद में उपलब्ध हैं जो *चत्वारि श्रंगा द्वे पादा* का उल्लेख करते हैं, जिसका अर्थ है चार सींगों और दो पैरों वाला प्राणी। उसमें त्रिककूट यानी तीन कूबड़ वाले बैल का भी उल्लेख है।

महाभारत में एक-श्रंग के बारे में बताया है, जिसे पुरुषोत्तम भी कहा जाता है। इसका अर्थ है सर्वश्रेष्ठ पुरुष। कुछ नृसिंह वाली मुहरें भी मिली हैं, जिन्हें भगवान विष्णु के नृसिंह अवतार से जोड़कर देखा जा सकता है। वैदिक ग्रंथों में दिए गए भौगोलिक और पर्यावरणीय विवरण का ऋतु के साथ बढ़िया सामंजस्य दिखता है, जबकि इस तरह की परिस्थिति यूरोप या उत्तर पश्चिमी एशिया में दिखाई नहीं पड़ती।

हाल के वर्षों में जेनेटिक क्षेत्र में अनेक शोध हुए हैं, जो इस पर पर्याप्त रोशनी डालते हैं। अमेरिका की यूनिवर्सिटी ऑफ़ पिट्सबर्ग के रसायन, जीव-विज्ञान और डिपार्टमेंट ऑफ़ फ़ार्मोकोलॉजी में शोध इंस्ट्रक्टर संघमित्रा साहू ने अपने एक लेख में लिखा, "भारतीय और मध्य एशियाई लोगों के बीच वाई-क्रोमोजोम संबंधी हप्लो-समूहों के सहभाजन का सबसे अनुदार कारण इन दोनों प्रांतों के बीच की गहरी, साझा वंश-परंपरा है, जिसमें उत्तरी दिशा की ओर कुछ भारत-विशिष्ट वंशों का विसरण शामिल है। वाई-क्रोमोजोम का डेटा लगातार भारतीय जातिगत समुदायों के दक्षिण-एशियाई उद्भव की ओर संकेत करता है। इस कारण यह भारत के उत्तर और पश्चिम प्रांतों से हुए प्रमुख आगम की संभावना के विरुद्ध है।"

विदेशी सरकारों द्वारा वित्तीय सहायता पाने वाले कुछ विद्वानों ने सिंधु घाटी की सभ्यता और वैदिक काल के लोगों के बीच एक बड़ा विरोधाभास तैयार किया है कि सिंधु घाटी सभ्यता का अपना कोई साहित्य बाक़ी नहीं है और यह कि वैदिक काल में साहित्य था, लेकिन उसका पुरातत्व प्रमाण मौजूद नहीं है। परंतु सिंधु घाटी और वैदिक सभ्यता के इस मूल्यांकन में अनेक विसंगतियाँ हैं क्योंकि विश्व के अनेक विद्वान इन दोनों संस्कृतियों को दो अलग काल खंडों की तरह देखते हैं, जिनमें आपस में कोई संबंध नहीं है।

इन दोनों सिद्धांतों में परस्पर विरोधाभास इस बात को लेकर है कि सिंधु घाटी के लोग काफ़ी सभ्य थे और उन्हें कला, नृत्य और संगीत का बहुत अच्छा ज्ञान था। लेकिन उनका साहित्य अधिक परिष्कृत नहीं था और साथ ही उनका यह मानना है कि वैदिक काल के लोग मुख्य रूप से बंजारे थे। उनकी प्रवृत्ति बर्बर थी फिर भी उन्होंने साहित्य की उत्कृष्ट रचनाएँ तैयार कीं।

वैदिक साहित्य और प्राचीन सभ्यताओं के बीच यह समानता है कि दोनों सरस्वती नदी के इर्द-गिर्द तैयार हुए हैं; इसलिए इनके मध्य संबंध होने का बड़ा कारण मौजूद है।

व्यावहारिक तौर पर देखा जाए तो वैदिक साहित्य को बंजारों की भाषा की तरह नहीं देखा जा सकता, क्योंकि वह अत्यंत परिष्कृत और विकसित भाषा थी। इन वैदिक ग्रंथों का अस्तित्व तभी संभव हो सकता था यदि उनकी देख-रेख के लिए एक बड़ी व्यवस्था मौजूद होती। कोई शक्तिशाली और समृद्ध शासन-व्यवस्था ही दर्शन, गणित, स्थापत्य-कला, संगीत, नृत्य जैसी विभिन्न विद्याओं को वेदों की छत्र-छाया में लेकर आ सकती है। वैदिक ऋचाओं में 24 से 48 अक्षर तक होते थे। उनमें छंद थे और वे परिष्कृत काव्य रचनाएँ थीं। उनमें छोटे-बड़े अक्षरों के विभिन्न रूप मिलते थे।

ऋग्वेद में गणित के 360, 12, 60, 180 जैसे अनेक षष्टिक (साठवें भाग का) पद्धति के अंक मिलते हैं, जिनकी उत्पत्ति का श्रेय ई.पू. तीसरी शताब्दी में सुमेरों को जाता है। इस संख्या प्रणाली का प्रयोग समय, कोण तथा भौगोलिक नियामकों का हिसाब लगाने के लिए आज भी किया जाता है। यजुर्वेद संहिता में एक, षठ, दश, सहस्त्र जैसी अनेक संख्याएँ भी दी गई हैं। शतपथ ब्रह्मण में विद्वानों ने 27 नक्षत्रों का उल्लेख करते हुए कहा कि इन 27 में से प्रत्येक नक्षत्र में 13⅓ डिग्री होती हैं। 13⅓ को 27 से गुणा करने पर परिणाम 360 डिग्री आता है। इसका आशय है कि आकाश 27 भागों में बँटा हुआ

है। प्रत्येक नक्षत्र का नाम उस नक्षत्र के सबसे चमकदार तारे के नाम पर रखा गया है, जैसे रोहिणी, चित्रा, पुष्य, फाल्गुनी आदि। वेदों में आकाश के विभाजन का एक और तरीक़ा दिया गया है, जिसमें 30 डिग्री के 12 खंड होते हैं, जिन्हें हम राशि कहते हैं। ऋषि याज्ञवल्क्य ने शतपथ ब्राह्मण में अपने अनुयायियों को निर्देश दिया कि उन्हें उषाकाल में यज्ञ से पहले पूर्व दिशा का पता लगाने के लिए कृतिका नक्षत्र को देखना चाहिए। अयनांत और विषुव के अन्य खगोलीय संदर्भों में कौशित की ब्राह्मण के अनुसार माघ के महीने की अमावस्या पर शरद अयनांत आता है जो महाशिवरात्रि पर्व का दिन है। अब यह 70 दिन के बाद आता है। यह ई.पू. तीसरी शताब्दी के उत्तरार्द्ध की एक तिथि की ओर इशारा करता है। इसी तरह ऋग्वेद में भी एक संदर्भ है जहाँ वैदिक वर्ष, शरद अयनांत से आरंभ होता है।

वास्तव में, ऋग्वेद में ऐसे 53 संदर्भ हैं जहाँ उषाकाल के समय अश्विनी नक्षत्र की प्रार्थना की जाती है। यह मेष राशि के तारामंडल के दो नक्षत्रों की बात करता है, जिसे साल के शुरुआत में अनुष्ठान के लिए उपयोग में लाया जाता है। ऋग्वेद के ये विशिष्ट संदर्भ, इस बात की ओर संकेत करते हैं कि शारदीय अयनांत के बाद अश्विनी नक्षत्र के उदय के समय वर्ष की शुरुआत होती है। ये तथ्य दिखाते हैं कि नक्षत्रों की स्थिति और खगोलीय विज्ञान के विषय में उस समय जानकारी कितनी उन्नत थी। पूर्वी क्षितिज पर मेष तारामंडल में सूर्य एवं और चंद्रमा समेत 5 चमकदार ग्रहों का महासंयोग को ई.पू. 3102 में कलियुग का आरंभ मान लिया गया है। इसके कुछ संदर्भ महाभारत में भी मिलते हैं। आर्यभट्ट ने अपने महत्त्वपूर्ण ग्रंथ 'सूर्य सिद्धांत' में इनका उल्लेख किया है। वैदिक कालीन लोगों के पास यह समस्त सूचना चार-पाँच हज़ार साल पहले भी थी।

सिंधु घाटी के लोगों की लिपि के बारे में बात करें तो उसके अवशेष पत्थर की मुहरों, कुंभकारी, तांबे की मेज़ और कुछ साइन-बोर्ड पर भी मिले हैं। हमें नहीं पता उन पर क्या लिखा है, क्योंकि उस लिपि को आज तक पढ़ा नहीं जा सका है। इसका एक कारण यह है कि हमें उस भाषा का ज्ञान नहीं है।

इस संदर्भ में मुख्य रूप से तीन तरह के विद्वान शामिल हैं। एक, जिनको विश्वास है कि सिंधु घाटी की लिपि में केवल प्रतीकों या चिह्नों का ही उपयोग किया गया है जैसे हमारे यहाँ झंडों आदि पर होता है। उस समय किसी तरह की भाषा विकसित नहीं थी। विद्वानों का दूसरा गुट मानता है

कि सिंधु घाटी के लोगों की भाषा प्राचीन द्रविड़ों की भाषा से मेल खाती थी और वही भाषा आज भी दक्षिण भारत में बोली जाती है। तीसरा गुट मानता है कि सिंधु घाटी के लोगों की भाषा, भारतीय यूरोपीय प्राचीन भाषा जैसे संस्कृत की तरह थी। इन तीन में से कोई भी संकल्पना ठीक हो सकती है लेकिन सबसे विश्वसनीय मूल्यांकन संस्कृत द्वारा ही मिलता है क्योंकि इसी के माध्यम से वैदिक काल और सिंधु घाटी सभ्यता के बीच संबंध को स्थापित किया जा सकता है।

भौगोलिक दृष्टि से देखें तो वेदों में सप्तसिंधु क्षेत्र का उल्लेख है। लेकिन अगर आप सप्तसिंधु पर नजर डालते हैं तो वहाँ तीन नदियाँ प्रमुख हैं - सिंधु, सरस्वती और सरयू। उसमें वर्णित नदी की तुलना समंदर से की गई है। अन्य पाँच नदियाँ - शुतुद्रि, पुरुष्णी, अस्किनी, वितस्ता, विपाशा - सिंधु नदी की उपनदियाँ थीं। सिंधु और सरस्वती को मिलाकर (सिंधु का सिंध, वितस्ता का झेलम, अस्किनी का चेनाब और पुरुष्णी का रावी और विपाशा का नया नाम व्यास है) पाँच नदियाँ 'सप्तसिंधु' कहलाती हैं। इनमें सरस्वती का नाम सप्तवसा है, जिसका अर्थ सात बहनों वाली है।"*

भारत में भी हड़प्पाकाल के भौगोलिक पक्ष का उल्लेख मिलता है। उसमें एक जगह लिखा है कि बलराम ने सरस्वती नदी के किनारे विनाशक बिंदु तक तीर्थयात्रा की थी। यह इस बात को दर्शाता है कि महाभारत-काल में सरस्वती नदी लुप्त होने के कगार पर थी या लगभग सूख चुकी थी। यह वही सरस्वती नदी है, जिसके किनारे लगभग 1500 पुरातत्व स्थलों की खोज की गई। इन सभी स्थानों पर प्राचीन काल में हड़प्पा संस्कृति के लोगों का निवास रहा होगा जिन्होंने वेदों की रचना की। वेदों के रचयिता कई बार सरस्वती नदी और उसकी सभ्यता का उल्लेख करते हैं। ऋग्वेद में भी पचास से ज़्यादा बार इसका वर्णन मिलता है, जिससे सिद्ध होता है कि ऋग्वेद के उद्‌भव के बाद सरस्वती नदी का लोप हुआ था।

पर कषोदसा धयसा सस्र एषा सरस्वती धरुणमायसीपूः।
पर बाबधना रथ्येव याति विश्वा अपो महिना सिन्धुरन्याः।।

---

*डॉ. डेविड फ्रॉली के वेब लेक्चर का अंश : *इंडिया इन्स्पायर - द मिथ्स ऑफ़ आर्यन इनवेजन थ्योरीय* और *इंडियन सिविलाइजेशन : द अनटोल्ड स्टोरी,* लेखक राज वेदम

'पर्वतों से समुद्र तक शुद्ध और निर्मल बहाव वाली नदियों में केवल सरस्वती ने श्रवण किया है।'

ऋग्वेद 07.095.01.1-2

जिन विशेषज्ञों ने सरस्वती नदी से जुड़े भूमिगत रास्तों के नक़्शे का अध्ययन किया है, उनका मानना है कि यह नदी लगभग 15 किलोमीटर लंबी थी और इसकी चौड़ाई 3 से 15 किलोमीटर तक थी। हाल में एक और अध्ययन हुआ, जिससे प्राप्त सूचना, *प्रोसीडिंग्स ऑफ़ नेशनल एकेडमी ऑफ़ साइंसेज* ने 2012 में प्रकाशित की थी। उससे भी स्पष्ट होता है कि नदी का अस्तित्व था और उसने प्राचीन सभ्यता की समृद्धि में बड़ा योगदान दिया। रिपोर्ट में लिखा है कि सरस्वती नदी, हिमालय से नहीं निकली थी, बल्कि वह वर्षा पर आधारित थी। उस रिपोर्ट में यह भी लिखा है कि सरस्वती समेत उस प्रदेश की अन्य नदियाँ भी बहुत बड़ी और सक्रिय थीं। भारतीय पुरातत्व सर्वेक्षण ने आज़ादी के बाद सरस्वती के प्राचीन मार्ग का नक़्शा बनाया और पुष्टि कर दी कि हड़प्पाकाल के अधिकतर स्थल इसी नदी के किनारे बने हुए थे।

पाश्चात्य विद्वानों का मानना है कि वैदिक काल के लोग बंजारे थे, लेकिन यह बात ठीक नहीं है। उस समय के लोग बहुत उन्नत और विकसित थे। ऋग्वेद में अत्यंत उन्नत शहरी और समुद्री सभ्यता का उल्लेख मिलता है जिसमें अनेक तरह के जहाज और पचहत्तर से भी अधिक तरह के मकानों का उल्लेख है। उदाहरण के लिए ऋग्वेद में बड़े जहाजों और समुद्री यात्राओं के डेढ़ सौ से अधिक संदर्भ मिलते हैं। उसमें एक उल्लेख है जहाँ महर्षि वशिष्ठ समुद्र की प्रशंसा करते हुए कहते हैं, "चारों तरफ़ जल है लेकिन मैं उसे पी नहीं सकता..." यह इस बात की ओर इशारा करता है कि पानी नमकीन था। दो समुद्रों के बीच की ज़मीन पर बड़े-बड़े पहाड़ों का उल्लेख और उत्तर में हिमालय तथा भूमि का भौगोलिक दृष्टि से पाँच क्षेत्रों में विभाजन भी बताया गया है। इन पाँच राज्यों पर यदु, पुरु द्रुह्यु, वसु और अमोघवर्ष नाम के राजाओं का शासन था। उनके विषय में भी विस्तार से उल्लेख मिलता है। भागवतम में भी उल्लेख है कि अलग-अलग समय पर उत्तरी भारत में विभिन्न राजवंशों का शासन रहा है। कोशल में सूर्यवंश की समाप्ति राजा सुमित्र से बताई गई है (भागवतम 9/12/16); हस्तिनापुर में चंद्रवंश का अंत चेमक से हुआ। (भागवतम 9/22/44-45)

ई.पू. 302 और 298 के बीच जब यूनानी इतिहासकार मेगस्थनीज सेल्यूकस का राजदूत बनकर भारत में चंद्रगुप्त मौर्य के दरबार में आया तो उसने भारत में अपने अनुभव को विस्तार से लिखा है, जिसे 'इंडिका' नाम से जाना जाता है। हालाँकि वह मूल पुस्तक अब उपलब्ध नहीं है, लेकिन बाद के यूनानी और लैटिन भाषाओं में इसके कुछ अंश मिलते हैं। इस महान कृति के कुछ पद्यांशों में लिखा है कि भारत के इतिहास में 1053 राजा हुए, जिन्होंने 6400 वर्षों तक शासन किया। इस तरह देखें तो भारत में राजाओं की सूची सबसे लंबी है, जो मिस्र और मेसोपोटामिया के राजवंशों से अधिक बड़ी है। बाइबल में अब्राहम और जीसस के बीच 42 राजाओं का उल्लेख है।

द मिथ्स ऑफ़ आर्यन इनवेजन थ्योरी, और *इन सर्च ऑफ़ द क्रेडल ऑफ़ सिविलाइजेशन* (1995) जैसी किताबों के लिए पद्मभूषण से सम्मानित डॉ. डेविड फ्रॉली ने भारतीय प्राचीन इतिहास के 19वीं शताब्दी के विश्लेषकों की बात को ख़ारिज किया है। उन्होंने श्वेत आर्यों और द्रविड़ों के संघर्ष को भी नकार दिया है। *इन सर्च ऑफ़ द क्रेडल ऑफ़ सिविलाइजेशन* किताब में डॉ. फ्रॉली ने जॉर्ज फ़्यूरिस्टीन और सुभाष काक के साथ मिलकर आर्य आक्रमण सिद्धांत का खंडन करते हुए स्वदेशी आर्य सिद्धांत का समर्थन किया है।

अगस्त, 1995 में 43 इतिहासकारों और दक्षिण भारत के विश्वविद्यालयों के अनेक पुरातत्व विशेषज्ञों का एक सम्मेलन हुआ था, जिसकी पहल प्रोफ़ेसर के.एम. राव, डॉ. एन. महालिंगम और डॉ. एस.डी. कुलकर्णी ने की थी। उन्होंने सम्मेलन में एक ज्ञापन को सर्वसम्मति से पास किया, जिसमें महाभारत युद्ध की तिथि को 3139 से 3138 ई.पू. माना गया है। उन्होंने इस तिथि को भारतीय ऐतिहासिक कालक्रम के मुख्य आधार के रूप में मान्यता दी है।

अतः यह साबित करने के लिए पर्याप्त प्रमाण मौजूद हैं कि प्राचीन इतिहास से लेकर भारतीय सरस्वती संस्कृति तक वैदिक सभ्यता लगातार मौजूद रही है और वह आज भी किसी न किसी रूप में हमारे बीच मौजूद है।

4

सिंहासन के खेल का आरंभ

प्रलय के दौरान विशालकाय लहरों के बीच से जहाज को मत्स्य अवतार के रूप में खींचते हुए विष्णु।

एक दिन सत्यव्रत नदी पर अर्घ्य देने के लिए गया। उसने जैसे ही हाथ की अंजुलि में जल लिया तो देखा कि उसमें एक छोटी-सी मछली तैर रही थी।

"मुझे बचाइए राजन् तो मैं भी आपको बचाऊँगी!"

"मुझे बचाओगी?" सत्यव्रत ने पूछा। "यह कैसे हो सकता है?"

"महाप्रलय आने वाली है, जिसमें यह सृष्टि नष्ट हो जाएगी। लेकिन मैं आपकी मदद कर सकती हूँ।"

"मुझे क्या करना होगा?" सत्यव्रत ने पूछा।

"मुझे राक्षसों से बचाइए," मछली ने कहा। "यह प्रकृति का नियम है कि बड़ी मछली, छोटी मछलियों को खा जाती है। इसलिए आप मेरी रक्षा कीजिए और मुझे बड़ा होने दीजिए।"

सत्यव्रत उस मछली को अपने साथ घर ले गया और उसे एक मटके में डाल दिया। लेकिन अगले ही दिन सुबह वह मछली मटके जितनी बड़ी हो गई। उसने कहा, "मैं इस घड़े में नहीं रह सकती।"

सत्यव्रत ने मछली को मटके से निकालकर पानी की टंकी में डाल दिया, लेकिन अगले ही दिन वह मछली पानी की टंकी जितनी बड़ी हो गई। फिर उसने कहा कि उसके लिए टंकी में रहना मुश्किल था। तब सत्यव्रत ने उसे नदी में डाल दिया, लेकिन अगले ही दिन सुबह मछली ने पूरी नदी को अपने आकार से भर दिया। सत्यव्रत को फिर उस मछली को ले जाकर समुद्र में डालना पड़ा।

तब उस विशालकाय मछली ने कहा, "सत्यव्रत! मैं इस ब्रह्मांड का रचयिता हूँ। मैं ईश्वर का रूप हूँ। मैंने यह रूप तुम्हें सावधान करने के लिए लिया है। महाप्रलय आने को है, जिसमें यह संसार नष्ट हो जाएगा। मैं तुम्हारे धर्म और सदाचार से प्रसन्न हूँ। तुम अगले मन्वंतर के मनु बनोगे। 'मन्वंतर', हिंदू धर्म-शास्त्र के अनुसार सृष्टि के संपूर्ण चक्र जितना समय होता है। सृष्टि की सभी प्रजातियों की रक्षा करने और उन्हें अगले युग तक पहुँचाने की ज़िम्मेदारी तुम्हारी होगी।"

ईश्वर ने सत्यव्रत से कहा कि ठीक सात दिन बाद प्रलय आएगी। उस समय विशाल और शक्तिशाली लहरें सबकुछ बहा कर ले जाएँगी। भगवान विष्णु ने यथासंभव प्रयास करके सभी देवताओं को आदेश दिया कि सब मिलकर सत्यव्रत की जहाज बनाने में सहायता करें। सत्यव्रत को सप्तर्षियों को भी साथ ले जाने का आदेश हुआ था। सभी को यह आदेश था कि उन्हें सब प्रजातियों के एक-एक नर-मादा को साथ रखना है ताकि पृथ्वी पर जीवन को नष्ट होने से बचाया जा सके।

नियत दिवस पर आकाश में काले बादल छा गए, सात प्रकार के बादल - संवर्ग, भीमानंद, द्रोण, चंद, वलाहक, विद्युतपातक और कोण - मिलकर भयानक मूसलाधार वर्षा करने लगे। समस्त भूमि पानी में डूब गई। सब नष्ट हो गया। परंतु भगवान विष्णु के आदेशानुसार सत्यव्रत अपनी पत्नी श्रद्धा, सप्तर्षियों और पशुओं-पौधों की चुनी हुई प्रजातियों को लेकर जहाज पर सवार हो गया। वह जहाज पर्वत जैसी ऊँची लहरों को चीरता हुआ आगे चल पड़ा। वह जहाज, भगवान विष्णु के मत्स्य अवतार के साथ बंधा था। इसके लिए वासुकि नाग ने रस्सी का काम किया। मत्स्य अवतार के रूप में भगवान विष्णु ने जहाज को कई दिनों तक उन भयानक और भीषण लहरों के बीच से खींचा और पार लगा दिया।

प्रलय में सब नष्ट हो गया। केवल धार्मिक और सदाचारी लोग बच पाए। कालचक्र इसी तरह काम करता है। हर सुबह के बाद दिन ढलता है। केवल ईश्वर में विश्वास करने वाले लोगों को अंधकार के बाद प्रकाश के दर्शन होते हैं। अंत में मूसलाधार बारिश रुक गई और कुछ दिनों बाद जल-स्तर नीचे उतर गया। लोग धीरे-धीरे उस जल समान बंदीगृह से निकलकर ज़मीन पर आए। ईश्वर के वचनानुसार सत्यव्रत, वैवस्वत मनु और उनके साथ आए समस्त लोग जीवित बच गए। उन्होंने सृष्टि की रचना का कार्यक्रम आरंभ कर दिया।

कल्पना कीजिए कि उस महाप्रलय से बचने के लिए उन प्राणियों ने भगवान से क्या प्रार्थना की होगी। प्रलय ने हर वस्तु को नष्ट कर दिया था। इसलिए उसमें जीवित बचे प्राणी अनूठे थे। उनके ऊपर पृथ्वी को नवजीवन देने का उत्तरदायित्व था। यदि आप स्वयं को उनकी जगह रखकर देखें तो कल्पना कीजिए कि उन्हें तब कैसा लगा होगा। कल्पना कीजिए उन्होंने किस तरह और किन शब्दों में ईश्वर के प्रति कृतज्ञता व्यक्त की होगी, क्योंकि उसी ईश्वर ने उन्हें नए संसार में जीवित प्रवेश करने का मौक़ा दिया।

उन्होंने अवश्य ही यह प्रार्थना कही होगी :

ॐ तच्छं योरावृणीमहे। गातुं यज्ञायं। गातुं यज्ञपंतय। दैवी स्वस्तिरंस्त नः।
स्वस्तिर्मानुंषेभ्यः। ऊर्ध्वं जिंगातु भेषजम्। शन्नों अस्तु द्विपदे। शं चतुंष्पदे।
ॐ शान्तिः शान्तिः शान्तिः।

'हमें वो चाहिए जो हमें कष्ट, वर्तमान और भविष्य से शांति प्रदान करे।
हमें अनुष्ठान के लिए समृद्धि चाहिए।
हमें भगवान की कृपा प्राप्त हो।
मानवजाति का कल्याण हो।
औषधीय पौधे फले-फूलें और ऊपर की ओर बढ़ें।
दोपाये और चौपाये हमारा हित करें।'*

यह वैदिक प्रार्थना सभी प्राणियों के कल्याण की कामना है। यह श्रुति संदेश देती है कि मनुष्य तभी शांति से रह और समृद्ध हो सकता है जब वह प्रकृति का हिस्सा बनकर रहे ना कि उसका शासक बनकर। सबके लिए आदर और सम्मान और दया का भाव रखने से ही सच्ची समृद्धि और शांति संभव है।

यह बताने के बाद कि सिंधु सरस्वती सभ्यता ने भारतीय समाज को आगे बढ़ाया और उसके कारण बाहर से गतिरोध पैदा नहीं हुआ जैसा कि आर्य आक्रमण सिद्धांत बताता है, प्राचीन वैदिक समाज और सिंधु घाटी की विकसित सभ्यता को आपस में जोड़ना आवश्यक हो जाता है। इसलिए हम यहाँ समाज के उद्‌भव के विषय में अपनी अवधारणा प्रस्तुत कर रहे हैं। यहाँ सुनाई गई कहानी उस महाप्रलय का हिंदू दृष्टिकोण है। हालाँकि विश्व के सभी प्रमुख धर्म, इस कहानी को अपने-अपने ढंग से सुनाते हैं जहाँ न्याय के रूप में महाप्रलय ने पूरी सभ्यता को नष्ट कर दिया। प्रत्येक कहानी में कुछ चुने हुए लोगों को ईश्वर ने जीवित रखा ताकि वे इस धरती पर नए जीवन को आरंभ कर सकें। बाइबल में वह नोआ, बेबीलोन में गिलगमेश

---

*श्लोक और अनुवाद : सेक्रेड संस्कृत वर्ड्स - *फ़ॉर योग, चैन्ट ऐंड मेडिटेशन,* लेजा लोइज, रीमा दत्ता

और यूनान माइथोलॉजी में वह प्रोमेथियस का पुत्र था, जिसे इस महान काम के लिए चुना गया था। उसने भी बड़े-से जहाज का निर्माण किया। लेकिन यहाँ हमारा ध्यान एक नई सृष्टि की व्यवस्था पर है, जिसने हमारे समाज को विकसित करने में मदद की है।

धरती ग्रह पर मानव-जाति ने अपनी यात्रा केवल एक लक्ष्य के साथ शुरू की थी कि उसे किसी भी अन्य प्राणी की तरह जीवित रहना है। लेकिन अब मनुष्य की यात्रा रोमांचकारी हो गई है। एक समय था जब वह केवल जीवित रहने के लिए संघर्ष करता था। लेकिन अब वह सृष्टि के उद्भव और इसके आधार को जानना चाहता है। इसमें कोई आश्चर्य नहीं कि एक दिन वह स्वयं सृष्टि का रचयिता बन जाना चाहेगा। यह आश्चर्यजनक यात्रा जीवित रहने के संघर्ष से शुरू हुई थी और अब ईश्वर बन जाने की दिशा में जा रही है। इस तरह के अपरिपक्व और आरंभिक जीवन के शुरुआती दौर में इच्छा, क्रोध, आश्चर्य या खुशी आदि कुछ भाव थे जो मनुष्य में पाए जाते थे। ये मूल भावनाएँ थीं, जिन्होंने मनुष्य जाति को इस विशाल जंगल में जीवित रहने और विकसित होने में मदद की। उदाहरण के लिए डर और क्रोध जैसे मनोभावों ने आदमी को बचने, लड़ने और खतरे के समय भाग निकलने के लिए प्रेरित किया। इसी तरह प्रेम या कामेच्छा जैसे भाव के कारण प्रजनन संभव हो पाया। कुछ दार्शनिक प्रजनन की इस क्रिया को अमर होने की अंदरूनी इच्छा के साथ जोड़कर देखते हैं। उनका मानना है कि बच्चे पैदा करके हम एक अलग शरीर में नया जीवन पाने का प्रयास करते हैं। यद्यपि प्रारंभिक मनोभावों ने सदियों तक हमारे पूर्वजों को जीवित रहने का आधार दिया है, लेकिन अब मस्तिष्क का वह हिस्सा काफ़ी विकसित हो चुका है। उसने नए मनोभाव पैदा किए हैं जैसे मातृत्व और पितृत्व का भाव, ग्लानि और गर्व के भाव भी विकसित हो चुके हैं। इन्हीं की मदद से मनुष्य सामाजिक प्राणी बन पाया है।

मस्तिष्क और मनोभाव के विकास के बाद मनुष्य अपने नजदीकी संबंधियों के छोटे-छोटे समूह बनाकर रहने लगा। मातृत्व-पितृत्व का भाव, दया, सहानुभूति, शांति, गर्व, हँसना आदि कुछ ऐसे भाव हैं जो हमें अन्य प्राणियों से अलग करते हैं। कोई और प्राणी हँस नहीं सकता और ना वह शांति की तलाश में यहाँ-वहाँ भटक सकता है। बाहरी सुख की प्राप्ति से शुरू हुई यह यात्रा चिरस्थायी शांति तक जाती है। इसके बीच अनेक

तरह के विकास हुए और अनेक प्राकृतिक घटनाओं ने इस यात्रा में हमारी सहायता की है। हम साधारण स्तनपायी जीव से चिंतनशील प्राणी बन पाए हैं और अब हम इसी यात्रा पर आगे बढ़कर दृढ़संकल्प के साथ दिव्यता प्राप्त करने को तैयार हैं। मनोभाव का विकास, इस ग्रह पर हमारी महान और अप्रत्याशित यात्रा का ज़रूरी हिस्सा है। प्रेम की भावना, हमें दूसरों के साथ चीज़ों को बाँटने और प्रियजनों के लिए निस्वार्थ कार्य करने एवं उन्हें सुरक्षा देने का विचार मन में पैदा करती है। इसी भाव से परिवार का जन्म हुआ। यह वह समूह है जो एक-दूसरे के साथ नजदीकी ढंग से जुड़ा है। इसके अलावा अन्य आवासीय स्थानों और खेती की प्रणाली ने इन छोटे-छोटे समूहों को विस्तृत रूप दिया। इस तरह परिवार बड़े और विस्तृत होते गए, जिनमें ताऊ, चाचा, मामा, मौसी तथा और अन्य भाई-बहन भी शामिल होते गए। इस प्रकार परिवारों और जातियों का निर्माण हुआ। मनोभाव के विकास और सुरक्षा की आवश्यकता ने समाज का निर्माण किया, जिसका उल्लेख हमारे प्राचीन ग्रंथों में मिलता है। ऋग्वेद, पितृसत्तात्मक परिवार में सत्ता की मूल इकाई के बारे में बताता है, जिसे 'कुल' कहते हैं। परिवार का मुखिया कुलप कहलाता है। इस तरह के परिवारों के समूह को 'ग्राम' कहते हैं, जिसका सर्वेसर्वा 'ग्रामीणि' कहलाता है। गाँव के समूह से बड़े परिवार बने और बड़े परिवारों से 'जन' नामक समुदाय का विकास हुआ।

समाज में व्यवस्था और सुरक्षा क़ायम करने की ज़रूरत ने राजतंत्र को जन्म दिया। प्रत्येक ग्राम के लिए खाद्य और सुरक्षा के मामले में आत्मनिर्भर होना ज़रूरी था, क्योंकि आग, सूखा, बाढ़ या अन्य किसी प्राकृतिक आपदा के कारण फ़सल को हुए नुक़सान के बाद प्राथमिक धर्म का पालन यानी किसी भी क़ीमत पर खुद को ज़िंदा रखना ज़रूरी हो जाता है। प्रेम, बलिदान और देखभाल जैसे मनोभाव ने मनुष्य को दूर-दराज इलाक़ों में अपने परिवार, समुदाय और गाँव से दूर रहकर शिकार करने के लिए प्रेरित किया। धीरे-धीरे शिकार की क्रिया लूटपाट और फिर युद्ध में बदल गई। इसके बाद इन समूहों को अपनी रक्षा और बाहरी ताक़तों से खुद को बचाने के लिए प्रशिक्षित सैनिकों के समूह तैयार करने पड़े। इन योद्धाओं का मुखिया 'राजन्' कहलाता था। वह सही मायनों में राजा नहीं था, लेकिन वह गाँव और प्रजाति का रक्षक होता था। साथ ही उस पर पशु-पक्षियों, पशुधन और धन-संपदा की देखभाल की ज़िम्मेदारी भी होती थी। वास्तव में किसी राजा के पास राज्य की सीमा

या क्षेत्र नहीं था। राजा अपने लोगों का मुखिया था और उसके पास शासन हेतु निश्चित प्रदेश नहीं था; इसलिए उसे 'जनस्य गोप' या 'गोपति जनस्य' से कहा गया। वह अपने जन की ओर से युद्ध लड़ता था और यह सभी युद्ध पशु-धन या खाद्य सामग्री के लिए होते थे। इनका उद्देश्य एक-दूसरे के क्षेत्र पर क़ब्ज़ा करना नहीं था। ऐसे देखें तो वैदिक काल में भूमि के स्वामित्व की अवधारणा नहीं थी। ग्राम के बीच होने वाली लड़ाई या युद्ध को 'संग्राम' कहते थे। राजन् के पास कोई विस्तृत प्रशासनिक प्रणाली नहीं थी, क्योंकि अर्थव्यवस्था का उस समय वही रूप था। उस अर्थव्यवस्था में अतिरिक्त उपज कम होती थी और राजा को केवल 'बलि' मिलती थी जो अधीनस्थ जन द्वारा भगवान या राजकुमार को दी जाने वाली एक छोटी-सी भेंट थी। ये बातें नियमित नहीं थीं और ना ही इनके संदर्भ में कोई दिशानिर्देश नियत किया गया था। इसलिए इसे 'कर' का नाम देना भी ठीक नहीं था।

ऋग्वेद के माध्यम से हमें प्राचीन वैदिक-काल में 33 ऐसी जनजातियों का उल्लेख मिलता है। इस बारे में सबसे महत्त्वपूर्ण सूचना का स्रोत दशराजन् का वर्णन है, जिसमें दस राजाओं के युद्ध की कहानी बताई गई है। ऋग्वेद के अनुसार यह लड़ाई, भरत जाति के राजा सुदास और उस समय की दस विख्यात जातियों के बीच लड़ी गई थी। ये दस जातियाँ थीं - पुरु, यदु, तुर्वसु, अनु, द्रुह्यु, अलिन, पक्थ, भल्लण, शिव और वृष्णि, लेकिन यह लड़ाई बाहर से आने वाले आर्य और यहाँ के निवासियों के बीच लड़ाई नहीं थी जैसा कि आर्य आक्रमण सिद्धांत कहता है। यह रक्तरंजित युद्ध पुरुष्णी नदी (जो अब रावी है) के तट पर लड़ा गया था और इसमें भरत जाति की विजय हुई थी।

धीरे-धीरे राज्य-तंत्र का विकास हुआ और राजा का प्रजा पर नियंत्रण बढ़ने लगा। स्वैच्छिक रूप से दी जाने वाली भेंट 'कर' में बदल गई। लोगों की भूमिकाओं में भी काफ़ी विस्तार हुआ। राजा पर न्याय और व्यवस्था की देख-रेख के अलावा सामाजिक प्रशासन और पड़ोसी राज्यों के साथ संबंधों की देखभाल का ज़िम्मा भी था। सैन्य और जासूस-तंत्र भी हरकत में आ गया। धीरे-धीरे राजा, समाज का केंद्र बिंदु बन गया और उसे ईश्वर का प्रतिनिधि माना जाने लगा। राजा महत्त्वपूर्ण विषयों जैसे विवाह, पुनर्विवाह, विरासत आदि मामलों में समुदाय को निर्देश दे सकता था।

प्राचीन ग्रंथों में राज्य प्रणाली के विषय में दिए गए विवरण देखने से पता लगता है कि राजा के पास जासूस थे, जो लोगों के व्यवहार और

कामकाज पर नजर रखते थे। उग्र और जीवगृभ नामक दो अधिकारियों का काम अपराधियों से निपटना था। इसके अलावा मध्यमसि नाम के अधिकारी लड़ाई-झगड़ों में मध्यस्थता करने का काम करते थे। समय के साथ राजा के हाथों में सत्ता का केंद्रित हो गई और इसी के साथ विरासत का तत्व, प्रणाली में घुस गया। यहाँ से आगे मंत्रियों की भूमिका महत्त्वपूर्ण हो गई और वैदिक काल में मुख्य राज्य अधिकारियों में पुरोहित, सेनापति (सेनानी), कोषाध्यक्ष (समाग्रहीतृ), कर वसूलने वाले (भागदुघ) और रखवाली करने वाले (क्षत) शामिल हो गए। राजा की शक्ति को ज़्यादा अधिकार मिल गए और विस्तृत अभिषेक, उत्सव और अनुष्ठान किए जाने लगे, जिनमें यज्ञ आदि करने के लिए राजपुरोहित शामिल होते थे।

इस तरह भारतीय प्रजातंत्र में पुरोहित और राजा के बीच का संबंध महत्त्वपूर्ण हो गया। बाद में इसी कारण समाज की श्रेणियाँ हो गईं।

इस शासन व्यवस्था के चलते बड़े और महत्त्वपूर्ण गणतंत्र और राज्यों का जन्म हुआ जिनके पास अच्छी सैन्य शक्ति थी। उनके पास बड़े बाज़ार और उस समय के प्रमुख आर्थिक केंद्र थे। नई खेती के उपकरणों और आदमियों की मदद से किसानों ने अतिरिक्त धान उगाया, जिससे ना केवल शासन-वर्ग की ज़रूरत पूरी हुई, बल्कि उसकी मदद से श्रावस्ती, चंपा, राजगृह, अयोध्या, कौशांबी, काशी और पाटलिपुत्र जैसे शहरों की ज़रूरत भी पूरी हो गई। ये स्थान व्यापार और उद्योग के केंद्र में बदल गए और कुछ अन्य शहर जैसे उज्जैनी, तक्षशिला, वैशाली और भरूच के इलाक़े व्यापार मार्ग के महत्त्वपूर्ण केंद्र बन गए।

मूल सनातन समाज की बात करें तो धार्मिक क्षेत्र में मूर्ति-पूजा की अवधारणा नहीं थी। इसलिए हड़प्पा समाज या उससे पहले या बाद की खुदाई में बड़े मंदिर नहीं मिले। वैदिक काल के लोग भगवान के प्रतीकों की पूजा करते थे। उनका ध्यान प्रतीक, शारीरिक अंग, हथियार और किसी ईश्वर के साथ संबंधित पशु-पक्षियों के प्रति आकर्षित होता था और उन्हीं की पूजा की जाती थी। उदाहरण के लिए विष्णु के स्थान पर पत्थर के रूप में शालिग्राम या शिव या कुबेर की पूजा के लिए लिंग और गणेश के लिए सुपारी के पौधे की पूजा की जाती थी।

सिंधु सरस्वती क्षेत्र में खुदाई के दौरान मिली मुहरों से पता लगता है कि वैदिक काल में लोग जीववाद में काफ़ी विश्वास करते थे। उन्होंने नदी,

अग्नि, सोम, पौधे, सूर्य-चंद्रमा और नक्षत्रों तथा अन्य खगोलीय आकृतियों का भी मानवीकरण करके उन्हें पूजनीय बना दिया था। जिन लोगों ने कृषक समुदाय को विकसित किया, वे आजीविका के लिए प्राकृतिक घटनाओं पर निर्भर रहने लगे। इन प्राकृतिक घटनाओं के मानवीकृत रूप को शांत करने के लिए पूजा-अर्चना में यज्ञ की महत्त्वपूर्ण भूमिका हो गई। यज्ञ में कर्त्ता मंत्रोच्चारण करता था, जो किसी देवता को समर्पित होते थे। फिर वह पवित्र अग्नि में दूध, घी, अनाज, मदिरा और फलों की आहुति देता था। ऊर्जा के लिए दूध के साथ अन्य दुग्ध उत्पाद भी काम आते थे। सूखा, बाढ़ और दावानल जैसी प्राकृतिक आपदाओं से संघर्ष कर रहे लोगों के लिए फ़सल ख़राब हो जाने पर गाय का दूध या अन्य उत्पाद पोषण का सर्वोत्तम स्रोत माने जाते थे। इसी कारण गाय पवित्र पशु बन गई। हिंदू ग्रंथों में अनेक श्लोक और ऋचाएँ हैं, जहाँ गाय से मिलने वाले उत्पाद को गुणवान बताया गया है। कृष्ण के जन्म के समय से ही गाय की पूजा की जाती है। श्रीमद्‍भागवतम् में ऐसी कई कथाएँ हैं, जहाँ नंद और अन्य गाँव के लोग मथुरा के राजा कंस को दूध-मक्खन के रूप में कर देते थे। किसी धनाढ्य व्यक्ति की स्थिति को भी उसके पास गायों की संख्या से मापा जाता था। महाभारत काल तक गऊ-धन के लिए लड़ाइयाँ भी हुई हैं।

मूर्ति-पूजा करने वालों के विषय में एक रोचक तथ्य यह है कि भारत में सबसे पहली मूर्ति और सबसे पहला मंदिर बुद्ध का था। उस समय त्रिदेव देवताओं की मूर्ति-स्थापना नहीं हुई थी और ना किसी मंदिर का निर्माण हुआ था। बौद्ध धर्म के आने के बाद सनातन समुदाय ने मूर्ति-पूजा को अपनाया। ऋग्वेद की अधिकतर रचनाएँ देवी-देवताओं की प्रशंसा में लिखी गई हैं, जो इस संसार में सौभाग्य स्वास्थ्य और समृद्धि प्रदान करने वाली मानी जाती हैं। अधिकांश में अच्छी वर्षा, फ़सल और शत्रुओं से सुरक्षा की प्रार्थना की जाती थी। इसका आशय है कि उस समय भी भौतिक सुख और सुखी जीवन को काफ़ी महत्त्व दिया जाता था। संतुलित जीवनयापन को ही मूल धर्म माना जाता था और वही आगे चलकर अध्यात्म को जन्म देता था। इसी उद्देश्य से जीवन को चार आश्रमों में बाँटा गया। यह जीवन की चार अवस्थाएँ हैं; और प्रत्येक को पार करने के बाद ही मोक्ष की प्राप्ति होती है।

एक महान राजा ययाति की रोचक कहानी है जो आश्चर्यजनक भी है। ययाति, राजा नहुष का दूसरा बेटा था, जिसने इंद्र की तरह देवलोक

पर शासन किया। लेकिन नहुष के बड़े बेटे ने जब सिंहासन पर रुचि नहीं दिखाई तो ययाति को राजा बना दिया गया। वह बहुत लोकप्रिय राजा था और उसके शासन में प्रजा प्रसन्न थी। उसकी दो सुंदर पत्नियाँ थीं, जिनका नाम शर्मिष्ठा और देवयानी था। शर्मिष्ठा, असुरराज वृषपर्वा की पुत्री थी और देवयानी, असुर-गुरु शुक्राचार्य की बेटी थी। ययाति को शर्मिष्ठा से अधिक प्यार था। शर्मिष्ठा का एक पुत्र था, जिसका नाम था पुरु था और देवयानी का भी एक बेटा था, जिसका नाम यदु था। यदु और पुरु हर मामले में एक-से थे, लेकिन शर्मिष्ठा की ओर ज़्यादा झुकाव होने के कारण ययाति को पुरु से भी अधिक प्यार था। इस कारण देवयानी के पुत्र यदु में ईर्ष्या की भावना पैदा हो गई। वह इस पक्षपात को बर्दाश्त नहीं कर पाया और लगातार अपनी माँ से शिकायत करता रहा। वह उससे पूछता था कि उसकी माँ यह अपमान कैसे सहन करती है। आख़िर पुरु के बार-बार शिकायत करने पर एक दिन देवयानी अपने पिता शुक्राचार्य के पास गई और उसने इस समस्या का समाधान पूछा।

शुक्राचार्य ने अपनी बेटी को परेशान और निराश देखा तो उन्हें ययाति पर बहुत गुस्सा आया। उन्होंने ययाति को समय से पहले बूढ़ा हो जाने का श्राप दे दिया। श्राप का तुरंत असर हुआ और ययाति दुर्बल और वृद्ध पुरुष में बदल गया। उसने शुक्राचार्य से गिड़गिड़ाकर क्षमा माँगी। उसकी दयनीय अवस्था देखकर शुक्राचार्य ने ययाति से कहा कि वह चाहे तो अपने किसी एक पुत्र का यौवन लेकर उसे अपनी वृद्धावस्था दे सकता है। ययाति एक-एक करके अपने सभी पुत्रों के पास यह प्रस्ताव को लेकर गया। लेकिन केवल पुरु ने उसकी प्रार्थना स्वीकार की। ययाति ने पुरु का यौवन लेकर उसे अपना बुढ़ापा दे दिया। इसके बाद ययाति फिर से भोग-विलास में डूब गया। कथा कहती है कि हज़ारों वर्ष के भोग-विलास के बाद भी ययाति की इच्छाएँ तृप्त नहीं हुईं। आख़िरकार वह थक गया। उसने महसूस किया कि उससे बड़ी भूल हो गई थी। उसे खुद से घृणा होने लगी। तब उसने पुरु को उसका यौवन लौटा दिया। वह पुरु के बलिदान से बहुत प्रसन्न था; इसलिए ययाति ने पुरु को राजा बना दिया!

यह ययाति की दूसरी अवस्था में प्रवेश करने की शुरुआत थी। वह अपनी दोनों पत्नियों को साथ लेकर वन में चला गया जहाँ से उसे मोक्ष की यात्रा शुरू करनी थी। यह कहानी एक महत्त्वपूर्ण बात से शुरू होती है कि

जीवन में संतुलन बहुत आवश्यक है। एक सार्थक जीवन जीने के लिए व्यक्ति को जीवन के प्रत्येक चरण या आश्रम का समय से पालन करना चाहिए। हालाँकि ययाति एक महान राजा था, लेकिन वह सदाचारी पुरुष बनकर अपने दायित्वों का पूरी तरह निर्वहन नहीं कर पाया। ययाति के जीवन की कहानी है सिखाती है कि जीवन में बहुत ज़्यादा इच्छाओं में लिप्त रहने का परिणाम अच्छा नहीं होता। इसलिए एक उचित संतुलन बनाकर रखना ज़रूरी है अन्यथा ययाति की तरह ख़ालीपन और निराशा का सामना करना पड़ता है। इसलिए सनातन धर्म के ऋषियों ने हमेशा संतुलित और संपूर्ण जीवन के निर्वहन पर जोर दिया और उसे चार आश्रमों में विभाजित किया गया - ब्रह्मचर्य, गृहस्थ, वानप्रस्थ और संन्यास। प्रत्येक आश्रम और अवस्था को ठीक ढंग से पूरा करने के बाद ही व्यक्ति स्वाभाविक और सफल रूप से अगले आश्रम में प्रवेश कर सकता है। इन अवस्थाओं को पूरा करके मनुष्य को मोक्ष मिलता है।

पहले चरण यानी ब्रह्मचर्य आश्रम में सारा ज़ोर शिक्षा ग्रहण करने पर होता है। इसमें उपनयन संस्कार का महत्त्व है, जिससे शरीर, मस्तिष्क का और सत्चरित्र का निर्माण होता है। इस दौरान नैतिकता के अतिरिक्त युद्ध-कला, मानसिक दृढ़ता, ब्रह्म का ज्ञान, दर्शन और साथ ही कृषि, पशु-विज्ञान और कलाकारी का भी प्रशिक्षण दिया जाता था। इस अवस्था में ज्ञान प्राप्ति के दौरान अनुशासन और ब्रह्मचर्य का कड़ाई से पालन करना ज़रूरी होता था।

सामाजिक संदर्भ में इन अवस्थाओं में सबसे ज़्यादा महत्त्व गृहस्थाश्रम का माना गया है। इसमें वैवाहिक जीवन के साथ परिवार के दायित्व को निभाना और संतान उत्पन्न करना, उन्हें पढ़ाना-लिखाना और नैतिक-सामाजिक जीवन की ओर अग्रसर करना, इस अवस्था के ज़रूरी सोपान हैं। यह चारों आश्रमों में सबसे उत्तम माना जाता है, क्योंकि वैदिक समाज में संतान उत्पन्न करना, यज्ञ का सबसे श्रेष्ठ रूप समझा गया है। इसी के माध्यम से मनुष्य सृष्टि में मानव प्रजाति की शृंखला को क़ायम रखने में महत्त्वपूर्ण योगदान देता है।

तीसरी अवस्था वानप्रस्थ आश्रम है। इसमें पिछले आश्रम में प्राप्त अर्थ और काम के बाद व्यक्ति धीरे-धीरे धर्म और मोक्ष की ओर आगे बढ़ता है। इसलिए यह आश्रम अनासक्ति का आरंभ माना गया है।

चौथे और अंतिम संन्यास आश्रम के दौरान, व्यक्ति पूरी तरह भौतिक इच्छाओं का त्याग कर देता है और मोक्ष प्राप्त करने की दिशा में संयमित और तपस्वी जीवनयापन शुरू कर देता है। इसमें संसार के सामान्य क्रियाकलापों से पूरी तरह अरुचि और अनासक्ति पैदा करना ज़रूरी है।

इसी तरह समाज की विभिन्न श्रेणियों यानी वर्णों को समाज में ज्ञान, संपत्ति और श्रम के वितरण के उपकरण के रूप में स्वीकार किया गया है। यह कार्य जन्म के नहीं, बल्कि योग्यता के आधार पर किया जाता है। वर्ण शब्द, जाति से अलग है। लेकिन वेद-पुराण इन दोनों में प्रायः उलझन पैदा करते हैं। प्राचीन ग्रंथों में वर्ण व्यवस्था का एक व्यवहारिक स्वरूप दिया गया है। वे कहते हैं कि क्रोधी या भोगी वृत्ति वाले तथा साहसी लोग क्षत्रिय कुल में जन्म लेते हैं। पशुपालन और खेती आदि की ओर रुझान रखने वालों का जन्म वैश्य वर्ण में होता है। हिंसक और अशुद्ध जीवन जीने वालों को शूद्र वर्ण मिलता है। इन सबसे ऊपर, सबसे पवित्र और सदाचार के नियमों के प्रति समर्पित लोग ब्राह्मण वर्ण के होते हैं।

धर्मशास्त्र में यह स्पष्ट तौर पर वर्णित है कि ये चारों वर्ण चरित्र, नैतिक बल, कार्यों, और आचरण के बल पर सात्विकता को ग्रहण करते हैं। इसलिए इनके बीच ठोस तरीक़े से भेद करना मुश्किल है। इस तरह के संदर्भ भी मिलते हैं जो बताते हैं कि शूद्र द्वारा पकाया भोजन ग्रहण करने पर कोई पाबंदी नहीं है। इसी के साथ व्यवसाय या धर्म या अंतरजातीय विवाह को लेकर भी किसी तरह का कोई निषेध नहीं बताया गया है। प्राचीन ग्रंथों और पुराणों में ऐसे अनेक उदाहरण हैं जहाँ निम्न परिवार में पैदा हुए लोग बुद्धिमान हुए और उन्होंने समाज के निर्माण में महत्त्वपूर्ण योगदान दिया। किताबों में ऐसे अनेक उदाहरण हैं। स्कंद पुराण का एक श्लोक, वर्णों के बीच इस रूपांतरण को बहुत अच्छी तरह व्यक्त करता है :

जन्मना जायते शूद्रः संस्कारात् भवे तद्विजः।
वेदपाठात् भवेत् विप्रः ब्रह्म जानाती ति ब्राह्मणः।।

खंड 18, पुस्तक-VI, नगर कांड, अध्याय 239
(आराधना, प्रायश्चित आदि का प्रभाव) श्लोक 31-34

"व्यक्ति जन्म से शूद्र ही होता है। वह संस्कार के कारण ब्राह्मण कहलाता है। श्राप और वरदान देने की क्षमता, रुष्ट और प्रसन्न होने की अवस्था तथा तीनों लोकों में सबसे आगे रहने का गुण केवल ब्राह्मण में पाया जाता है!"

जीवन मूल्य और अध्यात्म के संदर्भ में वेदों को सर्वोच्च माना गया है, क्योंकि कहा जाता है कि इस ज्ञान को स्वयं ईश्वर ने ऋषि-मुनियों को प्रदान किया। इन्हें फिर बाद में श्रुति-रूप में संग्रहीत किया गया। इसका श्रेय जिन ऋषियों को जाता है उन्हें मंत्र-दृष्टा कहते हैं। इन्हें स्वयं ईश्वर से दृष्टि द्वारा मंत्रों की प्राप्ति हुई थी। हमारे चार वेद हैं - ऋग् का अर्थ है श्लोक, यजुर् यानी गद्य, साम यानी गीत और अथर्व का अर्थ है तपस्वी। ऋग्वेद में मुख्य रूप से ऋचाएँ हैं। यजुर्वेद, पूरी तरह गद्य रूप में है। सामवेद, गीतों पर आधारित है, जिसमें ऋग्वेद के ही शब्द हैं। अथर्ववेद, तीनों वेदों के तत्व को मिलाकर बना है।

वेदों के चार और वर्गीकरण हैं, जिन्हें संहिता, ब्राह्मण, आरण्यक और उपनिषद् कहा जाता है। संहिता में मंत्र और प्रार्थनाएँ हैं, जिनमें कर्मकांड प्रमुख हैं। अरण्यक, अनुष्ठान-यज्ञ तथा अन्य प्रतीकात्मक अनुष्ठानों से संबंधित ग्रंथ हैं। ब्राह्मण, इन्हीं अनुष्ठानों और यज्ञ आदि पर लिखी टीकाएँ हैं। आरण्यक और ब्राह्मण के फिर कई विभाजन किए गए, जिनमें कर्म और ज्ञान-खंड हैं। इसी तरह ध्यान, दर्शन और आध्यात्मिक ज्ञान पर चर्चा करने वाले ग्रंथ, उपनिषद कहलाते हैं, जिन्हें मुख्य रूप से ज्ञान खंड माना जाता है।

अर्थशास्त्रं तथा चा यु गन्धर्व-धनुरि-त्यमी।
वेदै-श्चतुर्भि-र्युक्तत्वाद्-उपवेद्प्रथां लभे।।

उपनिषद् गंगा

"अर्थशास्त्र, आयुर्वेद, गंधर्व वेद, और धनुर्वेद चार वेदों (क्रमशः अथर्व, ऋग्, साम और यजुर्) से संबंधित होने के कारण उपवेद कहलाते हैं।"

वेदों के चार उपवेद बताए गए हैं - आयुर्वेद, धनुर्वेद, गंधर्व वेद और अर्थशास्त्र।

आयुर्वेद, ऋग्वेद से निकला है। इसका ज्ञान पहले ब्रह्मा ने दक्ष प्रजापति को दिया था। इसकी आठ शाखाएँ हैं, जिन्हें अष्टांग आयुर्वेद कहा जाता है :

- काया-चिकित्सा, आयुर्वेद की एक शाखा कहलाती है जो आत्मा, मस्तिष्क और शरीर से संबंधित है। मनोदैहिक सिद्धांत मानता है कि शरीर में किसी भी बीमारी को मस्तिष्क ठीक कर सकता है और इसका विपरीत भी सत्य है;
- शालाक्य तंत्र, कान, नाक और गले की बीमारियों से संबंधित है;
- विषगर-वैरोध तंत्र, जल और वायु प्रदूषण समेत पशु, धातुओं, सब्ज़ियों की विषाक्तता और कुछ अन्य बीमारियों से भी संबंधित है। यह विसंगतियों को पहचानने और इनके इलाज के बारे में भी बताता है।
- कौमार भृत्य शिशु के जन्म से पहले और बाद की देखभाल का उल्लेख करता है। उसमें गर्भधारण के तरीक़े, इस विषय से संबंधित अन्य ज्ञान, इसके विधि-विधान और प्रसूति-विद्या के साथ कुछ बाल-रोगों का भी उल्लेख है;
- शल्य-तंत्र में भारत की प्राचीन शल्य चिकित्सा पद्धतियों का उल्लेख है, जो 3000 साल से भी अधिक पुरानी हैं। यह जानकारी आगे चलकर दुनिया-भर में मिस्र, यूनान, रोम आदि इलाक़ों में प्रचारित की गई थी;
- आयुर्वेद की शाखा जो मानसिक रोगों के बारे में बताती है, उसे भूत विद्या कहते हैं। इसमें जड़ी-बूटियों, आहार और योग संबंधी चिकित्सा पद्धतियों का भी उल्लेख किया गया है।
- वाजीकरण में दो बातों का उल्लेख किया गया है। निःसंतानता की समस्या और उन लोगों के लिए आध्यात्मिक विकास का उल्लेख है, जो अपनी लैंगिक ऊर्जा को आध्यात्मिक ऊर्जा में बदलने में इच्छुक हैं।

- रसायन में रोगों से बचने और दीर्घायु होने के विषय में बताया जाता है। इसमें आयुर्वेद के प्राचीन विज्ञान के मुख्य प्रणेता चरक कहते हैं कि दीर्घायु होने के लिए व्यक्ति को सदाचारपूर्वक जीना चाहिए।

इन शानदार चिकित्सा विज्ञान की आठ शाखाओं में से केवल रसायन तंत्र, वशीकरण तंत्र और काया चिकित्सा ही अब उपयोग में लाई जाती हैं। शेष पाँच शाखाओं का ज्ञान लुप्त हो चुका है।

धनुर्वेद, यजुर्वेद से प्राप्त हुआ है। इसमें युद्ध की कला और हथियार चलाने का विवरण भी मिलता है। सूत्रों के अनुसार, यह समस्त ज्ञान सबसे पहले शिव ने अपने शिष्य परशुराम को दिया, जिन्होंने फिर इसे *धनुष चंद्रोदय* नाम के ग्रंथ में संग्रहीत किया। बाद में उनके शिष्य भीष्म, द्रोणाचार्य और कर्ण ने भी महाभारत-युद्ध में इस उपवेद के ज्ञान की अभिव्यक्ति अनेक मौक़ों पर की। इस तरह हमें विभिन्न ग्रंथों से यह ज्ञान प्राप्त हुआ है।"*

गंधर्व वेद, सामवेद का एक उपवेद है, जिसे नाट्यशास्त्र के नाम से भी जाना जाता है। ज्ञान की यह शाखा नृत्य, संगीत और नाट्यकला जैसी विभिन्न कलाओं के माध्यम से चेतना की पुष्टि करती है। याज्ञवल्क्य स्मृति कहती है कि संगीत और कला भी मोक्ष पाने का एक मार्ग है, जिसके माध्यम से मस्तिष्क की एकाग्रता में वृद्धि होती है और साधारण जीवन के बंधनों से मुक्ति मिलती है।

प्रणम्य शिरसा देवो पिथमह महेश्वरो।
नात्याशास्त्रं प्रवक्ष्यामि ब्रह्मणाय दुदाहृतम*।।1।।

नाट्यशास्त्र के प्रथम श्लोक में भरत मुनि कहते हैं, "मैं नाट्यशास्त्र के रचयिता भगवान ब्रह्मा और नृत्य और नाटक के रचयिता भगवान महेश्वर को प्रणाम करता हूँ और नाट्यशास्त्र के इस विज्ञान को प्रकट करता हूँ जो मुझे भगवान ब्रह्मा से प्राप्त हुआ है।"

---

*वेब श्रेय : *उपनिषद गंगा,* अध्याय 8

**नाट्यशास्त्र की भारतीय परंपरा और दशरूपक,* हजारीप्रसाद द्विवेदी एवं पृथ्वीनाथ द्विवेदी

भगवान शिव को इस वेद की शाखा का प्रणेता माना जाता है। इसलिए उन्हें नटेश्वर भी कहते हैं। बाद में इसे ब्रह्मा, नारद और अन्य कई ऋषि-मुनियों ने प्रचारित किया। हालाँकि इस विषय में सबसे प्राचीन ग्रंथ भरतमुनि के *नाट्य शास्त्र* को ही माना जाता है। परंतु गंधर्व-विद्या की जड़ें, इससे भी पुराने ग्रंथों जैसे शतपथ ब्राह्मण, सामवेद, ऋग्वेद और पाणिनि सूत्र तक जाती हैं।

अथर्ववेद के उपवेद को ***अर्थशास्त्र*** कहते हैं। यह रणनीति, आर्थिक नीति, प्रशासन आदि के अध्ययन पर केंद्रित है। यह माना जाता है कि धन और संपत्ति को प्राप्त करना और उसे भोगना तब तक संभव नहीं जब तक सुरक्षा और शांति क़ायम नहीं होती। इसे सुनिश्चित करने के लिए एक सशक्त प्रशासन व्यवस्था क़ायम करना ज़रूरी है।

> सुखस्यमूलंधर्मः। धर्मस्यमूलंअर्थः।
> अर्थस्यमूलंराज्यं। राज्यस्यमूलंइन्द्रियजयः।
> इन्द्रियाजयस्यमूलंविनयः। विनयस्यमूलंवृद्धोपसेवा।।
>
> कौटिल्य, *चाणक्य सूत्र* 1-6

> "धर्म ही आनंद का मूल है। धर्म के मूल में अर्थ है और अर्थ के मूल में सुशासन है। इसी तरह सुशासन के मूल में आत्मिक संयम होता है तथा आत्मिक अनुशासन के मूल में विनम्रता और विनम्रता के मूल में वृद्धजनों की सेवा है।"

हालाँकि इस ग्रंथ के रचनाकार का नाम विष्णुगुप्त चाणक्य माना जाता है, जिसे 'कौटिल्य' भी कहते हैं, लेकिन इस बात के पर्याप्त प्रमाण मौजूद हैं कि कौटिल्य से बहुत पहले इस विचारधारा की चार अन्य धाराएँ और तेरह शिक्षक व गुरु मौजूद थे। उन्होंने उस शानदार ग्रंथ की रचना की जिसे आज हम अर्थशास्त्र के नाम से जानते हैं।

यह अपने आप में आश्चर्यजनक है कि शुरू में लक्ष्य केवल ज़िंदा रहना था। लेकिन अब वह जीवन विकसित होकर ग्रह की सर्वश्रेष्ठ प्रजाति का रूप ले चुका है। मानव-जाति ने समाज को अनेक परिष्कृत विचारधाराएँ प्रदान की हैं और इसकी नींव में धर्म, अर्थ, काम और मोक्ष नामक चार प्रमुख लक्षण बताए गए हैं।

अपने वर्ण (योग्यता) के अनुसार कार्य करना 'धर्म' कहलाता है। धर्म का पालन करके अपनी योग्यता अनुरूप धन की प्राप्ति करने को 'अर्थ' कहते हैं। आपके पास जो कुछ आवश्यकता से अधिक है, उसे दूसरों के साथ बाँटने को 'दान' कहा जाता है। इसका आशय है कि आप लोभ-वृत्ति से ऊपर उठ चुके हैं और जिनके पास आपसे कम है आप अपने हिस्से का त्याग करके उनकी ज़रूरत पूरी करना चाहते हैं। यही सदाचारी समाज का मुख्य आधार है। मनुष्य जीवन का प्रमुख लक्ष्य, मोक्ष की प्राप्ति है और धर्म, अर्थ तथा दान नाम के ये तीन चरण पार करने के बाद मोक्ष मिलता है।

वेदों की ये शिक्षाएँ प्रत्येक धर्म का सार हैं। इन्हें विश्लेषण द्वारा हिंदू धर्म के साथ जोड़ा जा सकता है। इसी तरह का एक संबंध, यीशु मसीह के उपदेश और वेदों के उपदेश के बीच भी मिलता है।

यीशु मसीह के जीवन चरित्र को देखें तो उसमें से 18 वर्ष की अवधि ग़ायब है। उनकी 12 वर्ष से 30 वर्ष की आयु के बीच के समय का उल्लेख नहीं है। इन वर्षों को 'लुप्त वर्ष' कहा जाता है। हालाँकि इस अवधि को लेकर अनेक तरह के मत हैं, लेकिन यीशु मसीह पर वैदिक धर्म का प्रभाव इस बात का समर्थन करता है कि उन्होंने वह समय, यरुशलम छोड़ने के बाद भारत में बिताया।

रूस के एक संवाददाता निकोलस नोतोविक ने अपनी पुस्तक *अननोन लाइफ़ ऑफ़ जीसस क्राइस्ट* में लिखा है कि वह किस तरह लद्दाख के एक बौद्ध-मठ में पहुँचे। वहाँ उन्हें एक दस्तावेज़ मिला जिसका शीर्षक था, *लाइफ़ ऑफ़ सेंट ईसा, बेस्ट ऑफ़ द सन ऑफ़ मैन* - यीशु का इस्लाम में अरबी नाम ईसा है। नोतोविक की कहानी *लाइफ़ ऑफ़ सेंट ईसा* का अनुवाद, फ्रेंच भाषा में *ला वी इनकोनू दा जीसस क्राइस्ट* (*द अननोन लाइफ़ ऑफ़ जीसस क्राइस्ट*) शीर्षक से 1994 में प्रकाशित हुआ था।

इस पुस्तक के अनुसार यीशु ने 13 वर्ष की आयु में यरुशलम छोड़ा और वह सिंध प्रांत की ओर आ गए थे। यहाँ आने का उनका उद्देश्य दिव्य ज्ञान प्राप्त करना और गौतम बुद्ध के नियमों का अध्ययन करना था। उन्होंने पंजाब पार किया और जगन्नाथपुरी पहुँच गए। वहाँ उन्होंने ब्राह्मण पुरोहितों के निरीक्षण में वेदों का अध्ययन किया। उन्होंने नालंदा, राजगीर और फिर

पुरी में छह वर्ष बिताए, जिसे हिंदू ज्ञान का प्रमुख केंद्र माना जाता है। इसके बाद यीशु, हिमालय पर गए थे जहाँ उन्होंने तिब्बती मठ में भी काफ़ी समय बिताया। उन्होंने वहाँ रहकर बौद्ध धर्म का अध्ययन किया और फिर तीस वर्ष की आयु में पर्शिया के रास्ते यरुशलम लौट आए।

नोतोविक द्वारा दिए विवरण की प्रामाणिकता पर प्रश्नचिह्न लग सकते हैं, लेकिन वेदों के उपदेश और जीसस द्वारा दिए ईसाई धर्म के सिद्धांतों में समानता मिलती है। पिछली दस शताब्दियों से आधुनिक भारत में हिंदुओं द्वारा वैदिक ज्ञान का अवमूल्यन होता आया है। जब तक संस्कृत के ज्ञान का पश्चिमी विद्वान अंग्रेज़ी में अनुवाद नहीं करता, हम उसका आदर नहीं करते।

इसका सबसे अच्छा उदाहरण वह किताब है, जो भारतीय बाज़ार में छाई हुई है। यह किताब, मनुष्य के अवचेतन मन की शक्तियों के विषय में बताती है। इस तरह की अन्य किताबें भी उन शक्तियों का उल्लेख करती हैं जो मनुष्य के भीतर मौजूद हैं। इन्हें आत्म-सुधार या कथेतर श्रेणी में रखकर भारतीय पाठकों का पसंदीदा विषय बना दिया गया है। इस विषय पर लिखी कुछ लोकप्रिय किताबों ने इन प्रमुख सिद्धांतों को भारतीय पाठकों तक पहुँचाने और उन्हें लोकप्रिय करने का श्रेय भी लूट लिया। हालाँकि इन सिद्धांतों को किताबों में अच्छी तरह परिभाषित और प्रस्तुत किया गया है, लेकिन जिसने हमारे प्राचीन ग्रंथ पढ़े हैं या 'संकल्प-बल' के विषय में कहानियाँ सुनी हैं, उसे ये किताबें पढ़कर आश्चर्य नहीं होगा।

योग वशिष्ठ में एक योगी की कथा है, जो ध्यान में बैठकर निर्विकल्प समाधि की शक्ति से इतना सामर्थ्यवान बन जाता है कि खुद एक नया ब्रह्मांड बना लेता है। यह ब्रह्मांड, उसके सपनों या कल्पना में नहीं था, बल्कि हमारे ब्रह्मांड की तरह ही वास्तविक ब्रह्मांड था। वशिष्ठ ने यह कहानी राम को सुनाई तो बताया कि एक दिन सुबह एक बहुत सुंदर युवती उनके पास आई और उसने कहा कि वह किसी अन्य ब्रह्मांड से आई है, जिसे एक योगी ने बनाया है। योगी को अपने लिए एक साथी की ज़रूरत हुई तो उसने युवती की रचना की। परंतु वह योगी जब उसका पति बन गया तो उसका मन स्त्री से हट गया जिसका निर्माण स्वयं उसने किया था। वह योगिनी, अपने पति के व्यवहार के बारे में वशिष्ठ से परामर्श करती

है। वह वशिष्ठ से अनुरोध करती है कि वह उसके साथ चलकर उसके पति को समझाएँ। योगिनी के साथ काफ़ी देर वार्ता करने के बाद ऋषि वशिष्ठ उसके साथ जाने को तैयार हो जाते हैं। लेकिन वशिष्ठ, योगी के बनाए ब्रह्मांड का हिस्सा नहीं थे; इसलिए उसमें प्रवेश करने के लिए योगी ने वशिष्ठ से अपनी चेतना को उसकी चेतना के साथ सामंजस्य बैठाने को कहा। वशिष्ठ के ऐसा करने के बाद ही वह योगी के ब्रह्मांड में प्रवेश कर पाए। वह उनकी दुनिया से बहुत अलग था जिसे देखकर वशिष्ठ को बहुत आश्चर्य हुआ।

आख़िर, वशिष्ठ और योगिनी नए ब्रह्मांड के रचयिता के पास पहुँचे। एक-दूसरे का अभिवादन करने के बाद दोनों के बीच ध्यान, समाधि, ब्रह्मांड और प्रकृति के नियमों तथा ब्रह्म की महत्ता पर गंभीर वार्तालाप हुआ। योग वशिष्ठ का यह अंश पाठक को शक्तिशाली ब्रह्म-शक्ति के विषय में बताता है, जो प्रत्येक प्राणी के भीतर मौजूद है। इसमें बताया गया है कि हर व्यक्ति, ईश्वर का स्वरूप है लेकिन अज्ञानता के कारण वह आजीवन मूर्ख बना रहता है। हर मस्तिष्क में एक नया ब्रह्मांड रचने की शक्ति है, लेकिन वह शक्ति इतनी सीमित है कि एक सार्थक और अच्छे जीवन हेतु अनुकूल वातावरण तक तैयार नहीं कर पाती। अगर इस संकल्प-बल का 2 फ़ीसदी भी हम उपयोग में ला सकें तो इतिहास में अपना नाम दर्ज करने के लिए पर्याप्त होगा। यह समस्त ज्ञान, वैदिक ग्रंथों में मौजूद है लेकिन हमें इस असाधारण ज्ञान की विरासत से दूर रखा गया। आज़ादी के बाद हमने जो कुछ खोया था, लगभग वापस पा लिया। परंतु यह वैदिक ज्ञान हमें नहीं मिल सका। हम इसे सीधे प्राप्त करने के बजाय पाश्चात्य-ज्ञान के माध्यम से धीरे-धीरे टुकड़ों में प्राप्त कर रहे हैं।

योग वशिष्ठ *ग्रंथ के शाश्वत योगी, जिन्होंने अपने संकल्प-बल के आधार पर नए ब्रह्मांड की रचना की।*

अब वशिष्ठ और योगी की कथा पर लौटते हैं। उन्होंने समाधि, ध्यान और संकल्प-बल जैसे सार्थक विषयों पर काफ़ी देर चर्चा की। आख़िरकार, योगी ने वशिष्ठ से कहा, "मैं इस बात से बहुत संतुष्ट हूँ कि मैंने सब शून्य से तैयार किया है और यह मेरी चेतना-शक्ति से संभव हो पाया है। लेकिन अब मैं इस ब्रह्मांड को समाप्त करना चाहता हूँ। इसलिए ऋषिवर! आप अपने संसार में वापस लौट जाइए।" इसके बाद वशिष्ठ ने राम से कहा, "योगी ने जैसे ही यह वार्ता समाप्त करके आँखें बंद की, वह समाधि में चला गया। फिर उसके बनाए ब्रह्मांड में भयानक विस्फोट हुए और सभी ग्रह आपस में टकरा गए, जिसे मैंने स्वयं देखा। उस महान योगी ने जो कुछ रचा था, उसको नष्ट कर दिया।"

यह कितनी बड़ी विडंबना है कि वे लोग, जिनके पास एक नश्वर प्राणी को शाश्वत ईश्वर में बदलने का सामर्थ्य और ज्ञान उपलब्ध है, वे एक अच्छे और सार्थक जीवन की मूलभूत ज़रूरतों के लिए संघर्ष कर रहे हैं। शताब्दियों तक संसार के लिए प्रेरणा का स्रोत रही यह सभ्यता, आज दिशाहीन खड़ी है। हालाँकि भारत ने हिंदू धर्म को पूरी तरह कभी नहीं अस्वीकार किया लेकिन हम कई पीढ़ियों से अपनी पहचान को बचाने के लिए संघर्ष कर रहे हैं। मात्र एक हज़ार वर्षों के विदेशी प्रभाव ने हमारे व्यवहार और दृष्टिकोण को पूरी तरह बदल दिया है। इसका सबसे बड़ा उदाहरण योग है। दो दशक पहले, भारत में योग का बहुत कम अभ्यास किया जाता था। योग, केवल वही लोग करते थे, जिन्हें आध्यात्मिक मार्ग पर चलना होता था। लेकिन विदेशियों के प्रभाव, प्रयास और समर्थन के बाद आज योग, अपने ही देश में घर-घर प्रयुक्त होने वाला शब्द बन गया है, जहाँ उसका आरंभ हुआ था। हालाँकि अब तक योग को जन-जीवन का अभिन्न अंग बन जाना चाहिए था।

5

सशक्त महिलाओं का युग

पुरुष के दोहरे मापदंडों की एक झलक : एक ओर एक पुरुष, स्त्री के नारी-रूप की पूजा कर रहा है। दूसरी ओर, वह नारी पर अधिकार जता रहा है।

यत्र नार्यस्तु पूज्यन्ते रमन्ते तत्र देवताः।
यत्रैतास्तु न पूज्यन्ते सर्वास्तत्रापफलाः क्रियाः।।

मनुस्मृति*

'जहाँ नारी का सम्मान किया जाता है, वहाँ देवता भी प्रसन्न रहते हैं। जहाँ नारी का आदर नहीं होता; वहाँ समस्त कार्य निष्फल हो जाते हैं।'

हाल के समय में पितृसत्तात्मक समाज में नारियों की दयनीय दशा के बारे में काफ़ी कुछ कहा जा चुका है। भारत में स्त्रियों का दमन, उन कुरीतियों में से एक है, जो हमें सांस्कृतिक विरासत में मिली हैं। परंतु जब हम अपनी संस्कृति की बात करते हैं, तो यह पूछना ज़रूरी है कि स्त्रियों के अधिकार में यह गिरावट कब और कैसे शुरू हुई। क्या स्त्रियाँ हमेशा से पुरुषों द्वारा दबाई जाती थीं या इसके लिए कोई संघर्ष या लड़ाई की गई? शायद इस कुरीति के मूल कारण को समझने से हमें इस पक्षपात से छुटकारा मिल जाए।

सोशल डोमिनेंस थ्योरी (सामाजिक प्रभुत्व सिद्धांत) के अनुसार समाज में जिस वर्ग की भूमिका अधिक महत्त्वपूर्ण होती है; उसकी प्रभुता और सत्ता स्थापित हो जाती है। सामाजिक और राजनीतिक दृष्टिकोण का परिचायक यह सिद्धांत कहता है कि अनेक कारणों से पुरुषों की स्थिति, स्त्रियों की तुलना में बेहतर है और यही अंतर, पुरुषों को स्त्री की अपेक्षा अधिक प्रभावशाली बनाता है। इसी कारण स्त्रियों की दशा दयनीय और कमज़ोर होती गई। परंतु सामाजिक सिद्धांत, समाज में थोड़े-से परिवर्तन से बदल जाते हैं। उदाहरण के लिए प्राचीन काल में शिकार खेलना, लड़ना, मुख्य कार्य माने जाते थे। यह स्पष्ट है कि अधिक शारीरिक शक्ति के कारण इसका ज़्यादा लाभ भी पुरुषों को मिलता था।

इसे समझने के लिए हमें समाज के कुछ और उदाहरण देखने होंगे। भारत सरकार के संदर्भ में लगभग साठ ऐसे मंत्री हैं, जिनके पास एक-से संवैधानिक अधिकार, प्रोटोकॉल और विशेषाधिकार हैं। लेकिन उनमें 15-20

---

*श्लोक के लिए वेब श्रेय : विकीपीडिया

कैबिनेट मंत्री हैं, जिनके पास अधिक शक्तियाँ हैं। इसलिए उनके पास अधिकार भी ज़्यादा हैं। इसी तरह कॉरपोरेट जगत में जो कंपनी सेल्स का काम देखती है, वहाँ सेल्स और मार्केटिंग विभाग के लोगों के पास अधिक ज़िम्मेदारी और काम का दबाव होता है। लेकिन फिर उन्हें आज़ादी और सुविधाएँ भी अधिक मिलती हैं, उनकी शिकायतों की सुनवाई जल्दी होती है और उनका निवारण भी तत्काल होता है। वहीं तकनीकी उद्योग से जुड़ी कंपनियों में तकनीकी विभाग के लोगों के पास ज़्यादा अधिकार होते हैं। ये आधुनिक समाज के कुछ ऐसे उदाहरण हैं, जिन्हें देखकर पता लगता है कि अधिक महत्त्वपूर्ण काम करने वाले लोगों के पास ज़्यादा अधिकार और शक्ति होती है।

पहले बताया गया है कि प्राचीन समाज में मुख्य रूप से शिकार किया जाता था। इसलिए समाज, पुरुष-प्रधान था। पुरुषों पर परिवार की रक्षा का ज़िम्मा होता था। समय के साथ पुरुषों ने अपने ही घर और समाज की स्त्रियों को डराना-दबाना शुरू कर दिया, क्योंकि स्त्रियों की भूमिका कम थी। इसी तरह कृषि-प्रधान समुदायों में भी पुरुषों को स्त्रियों की तुलना में बेहतर माना जाता है। यह क्रम आज तक चला आ रहा है। प्रभुता की इस लड़ाई में स्त्रियों के पुरुषों से पीछे रहने का एक और कारण यह है कि उनके पास बच्चों और परिवार को सँभालने की ज़िम्मेदारी थी। मनुष्यों में बच्चे को पैरों पर खड़ा होने, बोलने और चलने में दूसरे प्राणियों की तुलना में अधिक समय लगता है। इसलिए हमारे यहाँ माँ की भूमिका बढ़ जाती है और उसे अपने बच्चों के शुरुआती सालों में बहुत ध्यान देना पड़ता है। स्त्रियों को इससे भी नुक़सान हुआ है। होमोसेपियंस में बच्चे को बड़ा करना एक लंबी प्रक्रिया है, जिसमें माता के प्रभावी वर्षों का बड़ा हिस्सा बीत जाता है। मानव-शास्त्र के अनुसार, इसी कारण स्त्रियाँ अधिक भावनात्मक होती हैं। कुल मिलाकर, जैविक और सामाजिक कारणों से स्त्रियाँ, पुरुषों के मुक़ाबले दुर्बल रह गईं और अंततः यह समीकरण पुरुष-प्रधान बन गया, जिसमें बलिष्ठ काया और ज़्यादा शारीरिक बल होने का लाभ पुरुषों को मिला, जबकि मातृत्व का बोझ उठाने वाली महिलाओं को नुक़सान हुआ। इस तरह सामाजिक सत्ता का ढाँचा, पुरुषों के इर्द-गिर्द बनकर तैयार हुआ है।

इन सामाजिक और जीव-विज्ञान से जुड़े सिद्धांतों से प्राप्त निष्कर्ष बताते हैं कि प्रकृति ने स्त्रियों को पुरुषों के बराबर बनाया था, लेकिन समाज

के आरंभिक दौर में उनके साथ भेदभावपूर्ण व्यवहार हुआ और पुरुष व स्त्रियों के बीच असमानता पैदा हो गई। आज भी पुरुष और स्त्री के संबंध को परिभाषित करने वाले बहुत-से क़ानून और सामाजिक नियम उसी प्राचीन परंपरा और के अवशेष बनकर रह गए हैं। इन्हें अब बदलने की ज़रूरत है।

परंतु हर जगह स्त्रियों को दोयम दर्जा नहीं दिया गया। पुरुषों के मुक़ाबले स्त्रियाँ कई मामलों में कहीं अधिक बेहतर साबित होती हैं। वे अधिक भावुक, विनम्र और दयावान होती हैं। उनमें कल्पना-पक्ष भी मुखर होता है। साथ ही हाथ-पैरों के और साहस एवं बुद्धि के मामले में भी स्त्रियाँ, पुरुषों से पीछे नहीं हैं। लेकिन प्राचीन युग में स्त्री का महत्त्व पूरी तरह समझा नहीं गया। आज विकसित हो रहे समाज को इन्हें समझने और महत्त्व देने की ज़रूरत है।

यह संभव है कि इस संसार का पहला आवास निश्चित तौर पर किसी पुरुष ने बनाया होगा। लेकिन यह कल्पना करना मुश्किल है कि उसी पुरुष ने उस घर की दीवारों को मधुबनी चित्रकारी से सजाया भी होगा! यह श्रेय निश्चित तौर पर किसी स्त्री को दिया जाएगा। मानव समाज के विकास की प्रक्रिया में अपनी कला और कल्पनाशीलता के दम पर चीज़ों में सौंदर्य भरने का पूरा श्रेय स्त्रियों को जाता है, जिनकी इन उपलब्धियों की उपेक्षा की जाती रही है।

इसमें संदेह नहीं कि शिकारी, योद्धा और कृषि-प्रधान प्राचीन समाज में स्त्रियों के ये गुण अधिक महत्त्वपूर्ण नहीं थे और यही कारण था कि स्त्रियों का दमन हुआ। इसके चलते समाज, मुख्य रूप से पुरुष-प्रधान और पितृसत्तात्मक बन गया।

मानव समाज में वेदों के योगदान के कारण प्रकृति और संस्कृति के बीच कुछ अंतर नजर आता है। प्रकृति के संदर्भ में मनुष्य अन्य प्राणियों की तरह रहता है लेकिन संस्कृति के मामले में ऐसा नहीं है। यहाँ मनुष्य अन्य स्तनपायी प्राणियों की तुलना में अधिक परिष्कृत और श्रेष्ठ रूप में उभर कर आया है। वेदों की शिक्षा ने मनुष्य को सदाचार का पाठ पढ़ाया है और प्रकृति के अनेक छिपे हुए रहस्यों के उत्तर दिए हैं। अन्य पहलुओं के अलावा वैदिक काल में स्त्रियों के बढ़ते महत्त्व ने भी मनुष्य के विकास-क्रम में महत्त्वपूर्ण अंतर पैदा किया है। यह अंतर, जीवन-शैली की संपन्नता, आवश्यकताओं में विस्तार तथा कल्पनाशीलता और शिक्षा के समावेश का

प्रतीक है। धीरे-धीरे जिन कार्यों और भूमिकाओं को गौण समझा जाता था, उन्हें बाद में ज़्यादा महत्त्व मिलने लगा। एक विचारधारा का होना सार्थक जीवन के लिए आवश्यकता बन गया। मनुष्य प्रजाति के लिए केवल ज़िंदा रहना अब लक्ष्य नहीं था। सृष्टि और इसके रचयिता के बारे में अनेक प्रश्नों के उत्तर मिलने लगे थे। प्रत्येक व्यक्ति भगवान की रचना है; इसलिए वेदों के उद्देश्यों के अनुसार सबको समान माना जाना चाहिए। पहले के कुशल शिकारी, योद्धा या शारीरिक रूप से बलशाली पुरुषों का आज के समाज में अधिक महत्त्व नहीं रह गया है। अब अन्य गुणों पर भी ध्यान दिया जाता है, जिनमें स्त्रियाँ, पुरुषों से यदि श्रेष्ठ नहीं तो कम भी नहीं हैं। आज ज्ञान और बौद्धिक बल को अधिक महत्त्व दिया जाता है। ऋषियों और ऋषिकाओं को अधिकार मिलने लगे। उन्हें समाज में प्रतिष्ठा प्राप्त हो गई। हालाँकि पौराणिक कथाओं में दिखाई देने वाला पितृसत्तात्मक दृष्टिकोण आज भी कई बार नजर आ जाता है।

इसी पितृसत्तात्मक दृष्टिकोण का एक उदाहरण अर्धनारीश्वर के लोकप्रिय महाकाव्य में दिखाई पड़ता है, जहाँ शिव के एक अनन्य भक्त ऋषि भृंगी, अपने कुछ शिष्यों के साथ कैलाश पर्वत पहुँचते हैं और शिव की आराधना करते हैं। कैलाश पर शिव अपनी पत्नी पार्वती के साथ आनंद-मग्न हैं। शिव के गण, शिव-पार्वती के दिव्य-युगल का बहुत आदर करते हैं, लेकिन ऋषि भृंगी, एक देवी के सामने झुककर उन्हें प्रणाम नहीं करना चाहते थे, क्योंकि वह पूर्ण रूप से भगवान शिव के प्रति समर्पित थे।

कैलाश पहुँचकर भृंगी ने केवल भगवान शिव की परिक्रमा करने की इच्छा व्यक्त की। यह सुनकर पार्वती ने कहा, "यदि आप शिव की परिक्रमा करना चाहते हो तो मेरी भी परिक्रमा करनी होगी। हम एक सत्य के दो भाग हैं।"

परंतु भृंगी ने हठ नहीं छोड़ी। वह शिव की पूजा-अर्चना में पार्वती को सम्मिलित करने के लिए तैयार नहीं हुए। भृंगी का ऐसा व्यवहार देखकर पार्वती, शिव की गोद में बैठ गईं। वह भृंगी को बताना चाहती थीं कि शिव और पार्वती एक-दूसरे से अलग नहीं हैं और यह कि दोनों में से किसी को भी अपमानित करके दूसरे को प्रसन्न करना संभव नहीं है। लेकिन भृंगी फिर भी भगवान शिव की ही उपासना करने पर अड़े रहे। उनका संकल्प इतना दृढ़ था कि उन्होंने एक भृंगी (मक्खी) का रूप धारण कर लिया और फिर

शिव-पार्वती के बीच में से निकलने का प्रयास किया। भृंगी के ऐसा करने पर शिव ने शक्ति को (जो पार्वती का दूसरा नाम है) अपने शरीर का आधा हिस्सा बना लिया और भृंगी के समक्ष अपने विख्यात 'अर्धनारीश्वर' अवतार में प्रकट हो गए। भगवान का यह रूप, प्रकृति के पुरुष एवं नारी पक्ष की समानता का प्रतीक है। परंतु भृंगी का संकल्प क़ायम रहा। उन्होंने शिव के अर्धनारीश्वर रूप की नाभि में दाँत गड़ाकर वहाँ से रास्ता बनाने की कोशिश की। नारी शक्ति का ऐसा अपमान देखकर पार्वती को क्रोध आ गया और उन्होंने भृंगी को श्राप दिया कि उनके शरीर के वे सब अंग नष्ट हो जाएँगे, जो उन्हें माता से प्राप्त हुए थे। तंत्र में माना जाता है कि शरीर के कठोर अंग जैसे हड्डियाँ आदि पिता से प्राप्त होती हैं, जबकि मांस और रक्त जैसे तरल और नम्य पदार्थ माता से मिलते हैं। इस कारण पार्वती के श्राप के बाद भृंगी के शरीर से रक्त और मांस ख़त्म हो गया और वह धरती पर गिर पड़े।

भृंगी को भूल का अहसास हुआ और तब उन्हें समझ में आया कि पुरुष एवं स्त्री, प्रकृति के समान अंश हैं। शिव और शक्ति के समग्र रूप से ही सृष्टि का निर्माण हुआ है। दोनों में कोई भी एक दूसरे से श्रेष्ठ या निम्न नहीं है, बल्कि दोनों बराबर हैं। एक के बिना दूसरे का अस्तित्व नहीं है। यह अहसास होते ही भृंगी ने शिव से क्षमा माँगी।

भृंगी की यह कथा दर्शाती है कि प्रकृति में नारी शक्ति के बिना किसी का अस्तित्व नहीं है।

वेदों में नारी की जिस तरह प्रशंसा की गई है, उसे समझने के लिए व्यक्ति को ऋग्वेद के देवीसूक्त का पाठ करना चाहिए, जिसमें स्त्री को प्रकृति का प्रतीक माना जाता है। इस नाते वह समस्त सृष्टि की जननी है। कहते हैं, प्रकृति के स्त्री-सुलभ गुण के चलते ही हमें भोजन मिलता है और हमारा पोषण होता है। नारी, संसार में जीवन के अस्तित्व का मूल कारण है।

> मैं सम्पूर्ण जगत् की ईश्वरी हूँ। मैं उपासकों को उनका अभीष्ट धन प्रदान कराने वाली हूँ। मैं सर्वज्ञ हूँ और जो पूज्य हैं, उनमें मैं सर्वश्रेष्ठ हूँ।
>
> इसलिए देवताओं ने मुझे अनेक स्थानों पर स्थापित किया है। मेरे अनेक घर हैं और मैं सम्पूर्ण विश्व के रूप में अवस्थित हूँ।

> जो कोई भोग भोगता है, वह मेरी शक्ति से ही भोगता है। जो देखता है, जो श्वास लेता है, सुनता है और बोलता है, वह सब भी मुझसे ही है।
>
> लोग इस तथ्य को नहीं जानते किंतु मैं ब्रह्मांड का सार हूँ। मेरी बात सुनो। मैं परम सत्य कहती हूँ।
>
> मैं तुम्हें वह उपदेश देती हूँ, जो सबको स्वीकार्य है।
>
> मैं जिसकी रक्षा करना चाहती हूँ, उसे सर्वशक्तिशाली बना देती हूँ, उसका पोषण करती हूँ और उसे ब्रह्म बना देती हूँ।
>
> मैं सम्पूर्ण प्राणियों के शरीर में जीवन रूप में स्वयं को प्रविष्ट कर रही हूँ और उन्हें अपने रूप से साकार करती हूँ।
>
> मैंने ही सब लोकों का निर्माण किया है और मैं उनके भीतर निवास करती हूँ।
>
> मैं शाश्वत और अनंत चेतना हूँ। प्रत्येक वस्तु में मेरा ही स्वरूप विद्यमान है।"*

वैदिक समाज में पितृसत्ता के तत्व भी हैं और परिवार के सबसे वरिष्ठ पुरुष को गृहपति कहा जाता है। यही सम्मान और प्रतिष्ठा घर की सबसे वरिष्ठ नारी को भी प्राप्त है। उसे गृहिणी कहते हैं। स्त्रियों को वयस्क होने पर अपना जीवनसाथी चुनने की आज़ादी थी। समाज के उच्च वर्ग में स्वयंवर की प्रथा थी। वैदिक काल में स्त्रियों के पास महत्त्वपूर्ण राजनीतिक, आर्थिक, धार्मिक और सैन्य मामलों में परामर्श देने का अधिकार था। किसी भी सभा में मौजूद स्त्री प्रतिभागी को सभापति कहा जाता था। उस समय में स्त्रियाँ, न्यायिक और प्रशासनिक कार्य भी करती थीं और उनके पास उन क्षेत्रों में पुरुषों की तरह समान अधिकार थे।

आपने देवताओं और असुरों के द्वारा सागर-मंथन की कहानी अवश्य सुनी होगी। यह सारी कहानी तब शुरू हुई जब ऋषि दुर्वासा ने देवराज इंद्र को उनके द्वारा दी एक भेंट का अपमान करने पर श्राप दिया था। उस

---

*देवी सूक्त, ऋग्वेद 10.125-3-10.125.8 (संक्षिप्त), *द हीम्स ऑफ द ऋग्वेद,* राल्फ थॉमस हॉचकिन ग्रिफिथ, जगदीश लाल शास्त्री द्वारा संपादित।

श्राप के कारण इंद्र और अन्य सभी देवताओं का प्रभुत्व और उनकी समृद्धि नष्ट हो गई। इस क्षति से उबरने के लिए विष्णु ने इंद्र को सागर-मंथन का सुझाव दिया। देवता इस काम को अकेले करने में असमर्थ थे; इसलिए उन्होंने सहायता के लिए असुरों को तैयार किया। फिर उनकी इस बात पर सहमति बनी कि सागर-मंथन के उपरांत मिलने वाली निधियों को समान रूप से वितरित किया जाएगा।

नियत दिवस पर दोनों ने वह काम किया, जिसकी कल्पना करना भी मुश्किल है। सागर को मथने के लिए मंदार पर्वत को मथनी बनाया गया और नागराज वासुकि ने रस्सी का काम किया। पर्वत को समुद्र में धँसने से रोकने के लिए विष्णु ने कूर्म अवतार लेकर उसे अपनी पीठ पर धारण किया। सागर-मंथन के फलस्वरूप समुद्र में से अनेक तरह के रत्न प्राप्त हुए। असुरों और देवताओं में उन्हें पाने की होड़ लग गई। धन की देवी लक्ष्मी जैसे ही समुद्र से निकलीं तो उनके सौंदर्य को देखकर हर कोई स्तब्ध रह गया। परंतु स्वयं लक्ष्मी वहाँ सबसे समृद्ध पुरुष को तलाश कर रही थीं। फिर उनका ध्यान भगवान विष्णु पर गया। लक्ष्मी ने विष्णु के गले में माला डाल दी और सदा के लिए उनकी जीवनसंगिनी बन गईं। पौराणिक कथाओं में स्वयंवर का यह अनूठा उदाहरण है।

प्राचीन काल में स्त्रियों की स्वतंत्रता का एक और उदाहरण अप्सराओं के माध्यम से मिलता है। अप्सराएँ भी समुद्र-मंथन के बाद समुद्र से निकली थीं। रंभा, मेनका और उर्वशी जैसी अप्सराओं ने स्वेच्छा से गंधर्वों को अपना साथी चुना। लक्ष्मी और अप्सराओं के यह उदाहरण दर्शाते हैं कि स्त्रियों को सदा से अपना जीवनसाथी चुनने का अधिकार रहा है। उन्हें स्वयं से जुड़े सभी महत्त्वपूर्ण निर्णय लेने का भी अधिकार प्राप्त था।

वेदों में 30 ऋषिकाओं का वर्णन है, जिन्होंने वेदों की रचना में महत्त्वपूर्ण योगदान दिया। उदाहरण के तौर पर वेदांत का सर्वश्रेष्ठ सिद्धांत, जिसके अनुसार यह संसार भगवान की रचना है। इसके अलावा "अहम् ब्रह्मास्मि" यानी "मैं ईश्वर हूँ" भी ऋग्वेद में साध्वी वकम्बृणी के शब्दों में प्रकट किया गया है। उन्हें सरस्वती का समतुल्य माना जाता है।

ऋग्वेद में सूर्यदेवी ने, जो सूर्यदेव की बहन मानी जाती हैं, विवाह-सूक्त की रचना की और सोम से विवाह किया। उसी के अनुसार आज भी हिंदू धर्म में विवाह होते हैं। हमारे यहाँ वैवाहिक अनुष्ठान और विवाह की प्रथा

क्षीर-सागर का महा मंथन

पुरुष प्रधान मानी जाती है। लेकिन इस महत्त्वपूर्ण प्रथा की स्थापना, अनेक ऋषिकाओं ने मिलकर की थी। ऋग्वेद में ऐसी अनेक ऋचाएँ हैं, जो इस ओर इशारा करती हैं कि वैदिक-काल में स्त्रियों की स्थिति श्रेष्ठ समझी जाती थी। ऋग्वेद के तीन अध्याय, ऋषि अगस्त्य की पत्नी लोपमुद्रा द्वारा रचे गए हैं।

माना जाता है कि वेद, अपौरुषेय हैं यानी उन्हें मनुष्य ने नहीं रचा, बल्कि ब्रह्मा एवं अन्य देवताओं के साथ सृष्टि की रचना के समय वेदो की भी रचना हुई है। इसलिए हमारे यहाँ वेदों को भी देवी-देवताओं और हिंदू धर्म के त्रिदेव के समान आदर प्राप्त है। वेदों का ज्ञान, ऋषि-ऋषिकाओं को भगवान की इच्छानुसार टुकड़ों में दिया गया था।

सृष्टि का रचयिता स्वयं ईश्वर भी इस ज्ञान को प्रकट करते समय ऋषि-ऋषिकाओं में भेद नहीं करता। इसलिए किसी मनुष्य के पास स्त्रियों को पुरुषों से कम आँकने का अधिकार नहीं है। हालाँकि मध्यकालीन युग में स्त्रियों को वेद-पाठ की अनुमति नहीं थी। परंतु वेदीक काल में उन्हें ना केवल वेद पढ़ने की अनुमति थी, बल्कि समाज में अनेक महिला आचार्य भी हुईं जिन्होंने वेदों की शिक्षा प्रदान की। ज्ञान के संदर्भ में स्त्रियों पर यह प्रतिबंध समाज ने नहीं लगाया, बल्कि स्त्रियों के सामने प्रस्तुत शारीरिक एवं प्राकृतिक बाधाओं के कारण ऐसा हुआ। उस समय संचार और परिवहन के साधन सीमित थे और विद्यार्थियों को ज्ञान प्राप्त करने जंगलों को पार करके दूरस्थ क्षेत्रों तक जाना पड़ता था। क्यों कि आरण्यक की भाँति यह ज्ञान गुप्त रखा गया और इसका पाठ केवल वन में किया जाता था।

वेद-पुराणों के ज्ञान और श्रेष्ठ आचरण ने स्त्रियों की प्रतिष्ठा और आज़ादी को शिक्षित एवं विकसित समाज के लिए एक गहन ज़रूरत के रूप में स्थापित कर दिया। याज्ञवल्क्य स्मृति कहती है कि यदि कोई गर्भवती महिला और राजा मार्ग से गुज़र रहे हों तो पहले आगे जाने का अधिकार गर्भवती स्त्री को है। पराशर स्मृति, विधवा या ऐसी स्त्री के पुनर्विवाह के बारे में भी बात करती है जिसके पति को असाध्य रोग हो या वह वनवास से लौटकर नहीं आए या नपुंसक हो। उपरोक्त परिस्थितियों में स्त्री को अपनी पसंद के पुरुष से दोबारा विवाह करने का अधिकार भी प्राप्त है।

स्त्रियों की तुलना करते समय तत्कालीन वातावरण और उस स्थान की भौगोलिक एवं सामाजिक परिस्थितियों को भी ध्यान में रखना चाहिए। ग्रंथों में स्त्रियों को समान अधिकार और अनेक तरह के विशेषाधिकार दिए गए थे फिर भी वे इस समानता को लंबे समय तक क़ायम नहीं रख पाईं। ऐसे समय में जब उपकरण कम थे, तब चाहे कृषक हो या योद्धा या कोई कारीगर, पौरुष और शारीरिक बल, मस्तिष्क पर हावी हो गए और धीरे-धीरे हिंदू समाज में महिलाओं की स्थिति घटती गई। हमें हिंदू धर्म की विचारधारा और उसके सामाजिक स्वरूप के बीच स्पष्ट भेद करना होगा। हिंदू धर्म, शताब्दियों से हिंदुओं के बीच विकसित हुई संस्कृति का हिस्सा है, जबकि इसका सैद्धांतिक पक्ष, भ्रष्टाचार से मुक्त है। लेकिन बदलते समाज के साथ इसके सामाजिक पक्ष को भी बदलने की ज़रूरत है।

उत्तर-वैदिक काल में अर्थव्यवस्था और बाज़ार में पैदा हुई रुचि के कारण लोग व्यापार और व्यवसाय से संबंधित गतिविधियों में व्यस्त हो गए। वैदिक ज्ञान, पंडित-पुरोहितों के हाथों से निकल गया तथा अन्य तरह के लोग इसका मूल्यांकन और विश्लेषण करने लगे। फलस्वरूप, समाज के पुरुष-वर्ग ने इसमें श्रेष्ठता का भाव डाल दिया, जिसका आशय यह था कि इस दुनिया को पुरुष चलाते हैं। इस कारण भी स्त्रियों की स्थिति कमज़ोर हो गई।

इतिहास पढ़ते समय हमसे एक भूल हो जाती है कि हम उसकी तुलना वर्तमान से करने लगते हैं। हमारा ध्यान इस बात पर नहीं जाता कि हर एक हज़ार वर्ष के बाद समाज की आर्थिक और सांस्कृतिक परिस्थितियाँ भी बदल जाती हैं।

वेदों ने पुरुष और स्त्री की समानता या नारी सशक्तिकरण के पक्ष में जो नियम एवं सिद्धांत बनाए थे, वह उस समाज के लिए थे, जो सदा से

पितृसत्तात्मक रहा है। वेद-पुराण इस बात के पक्षधर हैं कि शक्तिशाली होने के लिए पुरुष होना ज़रूरी नहीं है। शक्ति का स्वरूप ही संस्कृत में नारी-परक है और भारत की एक देवी शक्ति का प्रतीक मानी जाती हैं और शक्ति का चित्रांकन भी देवता के माध्यम से नहीं किया जाता। प्राणियों में समानता का भाव पैदा करने और स्त्रियों को बराबर का दर्जा देने वाले वेदों के उपदेशों का पितृसत्तात्मक प्रवृत्ति से विरोध रहा। इसलिए यह स्वीकार करने के अलावा दूसरा उपाय नहीं है कि यह भेदभाव पहले से मौजूद था और आज भी जारी है तथा यह कि वेदों के प्रभावशाली दर्शन-सिद्धांत भी इस स्थिति को पूरी तरह बदल नहीं पाए हैं।

भारत में उदारवादी व्यवहारिकता का होना ज़रूरी है, तभी समाज में लोग मिलजुल कर रह सकते हैं। इसलिए भारतीय संदर्भ में पुरुषों की शक्ति छीनकर स्त्रियों को अधिक शक्तिशाली कहने से नारी सशक्तिकरण नहीं हो पाएगा। इस समानता को व्यवहारिक रूप देने का तरीक़ा यह है कि हमें स्त्रीत्व को अधिक महत्त्व देना चाहिए। यह एक विकसित और सशक्त समाज के लिए बहुत ज़रूरी है कि स्त्रीत्व के साथ-साथ नारी को भी आदर मिले। परंतु इसकी आड़ में ऐसी स्त्रियों के साथ पक्षपात नहीं होना चाहिए, जो पुरुषों के मुक़ाबले स्वयं को अधिक शक्तिशाली दिखाने का प्रयास करती हैं। अगर समाज में स्त्री को केवल आदर पाने के लिए पुरुष की तरह व्यवहार करना पड़े तो इसका मतलब यह है कि नारी को पुरुष के बराबर दर्जा प्राप्त नहीं है। इसका सबसे बढ़िया उदाहरण ब्रिटेन की प्रधानमंत्री मार्गरेट थैचर हैं, जिन्होंने पुरुष-प्रधान सत्तापरक व्यवस्था में अपना प्रभुत्व स्थापित करने के लिए ज़्यादा शक्तियाँ अर्जित कीं, जिसके कारण उनके भीतर पुरुषों जैसे गुण विकसित हो गए। उन्होंने पुरुषों की तरह कपड़े पहने और वैसा ही व्यवहार किया। थैचर ने अपनी आवाज़ को भारी करने के लिए स्पीच-थेरेपी भी ली। इससे उनकी आवाज़ अधिक प्रभावशाली हो गई और वह अपने कैबिनेट को बेहतर ढंग से नियंत्रित कर पाईं, जिनमें पुरुषों की संख्या अधिक थी। यदि मार्गरेट थैचर जैसी शक्तिशाली स्त्री को, जिन्होंने अपना नाम आधुनिक इतिहास में साहस और संकल्प के दम पर दर्ज किया, बेहतर दिखने के लिए पुरुषों की तरह व्यवहार करना पड़ा तो इसका आशय यही है कि नारी सशक्तिकरण का प्रयास ग़लत दिशा में जा रहा है। पुरुषों की तरह व्यवहार करना नारी सशक्तिकरण का सबसे भद्दा रूप है। लाखों में कुछ ही महिलाएँ,

मार्गरेट थैचर की तरह व्यवहार कर सकती हैं। ऐसा इसलिए नहीं कि यह मुश्किल है, बल्कि इसलिए क्योंकि यह प्रकृति के नियमों के विरुद्ध है। स्त्रियों पर इस तरह का दबाव नहीं बनाना चाहिए, जिसके चलते उन्हें प्रकृति द्वारा प्रदत्त प्राकृतिक व्यवहार के विरुद्ध जाना पड़े। जब तक हम नारी का सशक्त स्वरूप स्वीकार नहीं करेंगे, तब तक समाज में यह संतुलन स्थापित नहीं हो सकता।"*

अंतरराष्ट्रीय श्रम संगठन ने 2009 की अपनी रिपोर्ट में लिखा कि दुनिया-भर में स्त्रियाँ, पुरुषों के मुक़ाबले अधिक कार्य करती हैं। परंतु दुर्भाग्य से उनके काम को बहुत कम महत्त्व दिया जाता है। हमने इस अध्याय में बताया कि पुरुष का महत्त्व प्राचीन समाज में ज़्यादा था, लेकिन समाज को ज़िंदा रहने के स्तर से उसे ऊपर उठाकर अधिक मानवीय पक्ष देने में स्त्रियों का अधिक बड़ा योगदान है तथा जीवन को सार्थक, सम्मानजनक और सुंदर बनाने का श्रेय भी स्त्रियों को जाता है।

*मार्गरेट थैचर का उदाहरण, *वीमेन ऐंड पावर : ए मैनीफ़ेस्टो,* मैरी बियर्ड से लिया गया है।

6

भारतवर्ष के प्राचीन अजूबों की रचना

मार राक्षस अपनी पुत्रियों के साथ मिलकर गौतम बुद्ध का ध्यान भंग करने की चेष्टा करता हुआ

अजंता की गुफाएँ

एक दिन, 1819 में एक ब्रिटिश अफ़सर कैप्टन जॉन स्मिथ अपने कुछ अधिकारियों के साथ बाघ का शिकार करने घने जंगल से गुज़र रहा था।

रास्ते में एक घाटी पड़ी, जिसके दोनों तरफ़ गहरी ढलान थी और पहाड़ियों के बीच से ठंडे पानी की नदी बह रही थी। यह इलाक़ा मानवीय आवास से दूर था। वहाँ वृक्ष इतने घने थे कि उनके बीच से निकलना भी मुश्किल हो रहा था। तभी वहाँ एक पवित्र स्थल को देखकर सब आश्चर्यचकित रह गए। वह स्थान बाहरी लोगों की नज़रों से छिपा हुआ था। इस तरह शिकारी दल ने दुनिया के सबसे बेहतरीन और प्राचीन बौद्ध मठ की खोज की, जो घाटी में वर्षों से छिपा हुआ और सुरक्षित था। वह जगह बहुत प्राचीन थी, किंतु वातावरण अत्यंत शांत था। वहाँ स्वर्ग-सी तरंगें प्रवाहित हो रही थीं। आज हम उस स्थान को अजंता की गुफाओं के नाम से जानते हैं, जो महाराष्ट्र के औरंगाबाद जिले में स्थित हैं। इन्हें अब यूनेस्को विश्व विरासत स्थल के रूप में मान्यता मिल गई है। यह हमारी प्राचीन भारतीय संस्कृति की समृद्ध धरोहर है।

इस प्राचीन धरोहर को देखने वाले हर व्यक्ति को आश्चर्य हुआ होगा कि कलाकारी का ऐसा शानदार और उत्कृष्ट नमूना उस युग में कैसे बनाया गया होगा, जिस समय बिजली अथवा यांत्रिकी उपकरण मौजूद नहीं थे। यह पूरी तरह कलात्मक मस्तिष्क और मज़बूत हाथों का कमाल था, जिन्होंने छैनी पकड़कर पत्थरों पर हथौड़े चलाए होंगे। उनकी कल्पना में कुछ ऐसा रहा होगा, जिसे मनुष्य ने पहले कभी नहीं बनाया। ऐसी रचना के लिए अद्भुत संकल्प-शक्ति और निस्वार्थ भावना के अलावा ज़बरदस्त प्रेरणा चाहिए। इसमें केवल उसे बनाने वाले ही नहीं, बल्कि उसकी कल्पना करने वाले भी शामिल होंगे और उसके बाद ही चट्टानों में इतनी विशाल और कुशलता से बनाई गुफाएँ तैयार हो पाई होंगी। देखकर लगता है कि वह हैरतअंगेज़ काम कुछ साल में नहीं हो सकता, बल्कि उसे करने में कई पीढ़ियाँ लगी होंगी। इन गुफाओं को पत्थरों में से काटकर बनाया गया है और ये पर्वतों के गर्भ में कई सौ फ़ीट गहराई तक खोदी गई हैं। इन्हें बनाने वालों ने इतिहास में अपना नाम दर्ज करने के लिए इसे नहीं बनाया। उनका जीवन, इसी काम के लिए समर्पित था। आसानी से यह निष्कर्ष निकाला जा सकता है कि यह पूरा निर्माण, गहन आध्यात्मिकता और आस्था का परिणाम है। अजंता की गुफाएँ उन 'परा-उदारपंथियों' को करारा जवाब है जो यह दावा करते हैं कि धर्म ने इंसानियत को केवल संघर्ष और ख़ून-खराबा दिया है। इन गुफाओं समेत सब कुछ जो अटूट और विशाल मानवीय प्रयासों के कारण अस्तित्व में आया है, वह धार्मिक विश्वास का नतीजा है।

उपलब्ध रिकॉर्ड के अनुसार अनुमान है कि इस उत्कृष्ट कलाकारी को पूरा करने में लगभग 600 वर्ष लगे होंगे। उसके बाद भी यह अज्ञात कारणों से अपूर्ण रह गई। इनका उल्लेख मध्यकालीन युग में भारत आए अनेक चीनी यात्रियों के विवरणों में भी मिलता है। अकबर के दरबार के विख्यात इतिहासकार अबुल फ़ज़ल ने अपनी महत्त्वपूर्ण कृति *आईने-ऐ अकबरी* में भी इन गुफाओं का उल्लेख किया है। आधुनिक काल में जब शिकारी दल ने इन्हें खोजा तब अजंता की गुफाओं ने लोगों का ध्यान आकर्षित किया। ये बौद्ध मठ हैं, जिनमें प्रमुख रूप से पूजा के बड़े हॉल और विहार हैं। यहाँ बौद्ध भिक्षु रहते थे। इन गुफाओं को 250 फ़ीट ऊँची चट्टानों के भीतर खोदकर बनाया गया और इनकी दीवारों पर तरह-तरह की शिल्प-कला और चित्रकारी देखने को मिलती है।

इसमें अधिकांश चित्रकारी, भगवान बुद्ध के पूर्वजन्म से संबंधित है। इन चित्रों में तत्कालीन मानव जीवन के अनेक पहलुओं को दर्शाया गया है। यही कारण है कि विद्वानों ने मानव-शास्त्र, इतिहास, समाजशास्त्र, कला, संस्कृति और लैंगिक अध्ययनों आदि के संदर्भ में इनकी विवेचना की है। इन चित्रों में अनेक तरह की जीवन-शैली को दर्शाया गया है। कुछ चित्रों में किसी आकर्षक और सुंदर राजकुमार के साथ सजी-धजी राजकुमारियाँ हैं और उनके चेहरों पर प्रेम और कामुकता भरे भाव देखने को मिलते हैं। कुछ झूलों पर बैठी हैं, कुछ आसन पर विराजमान हैं, तो पतली कमर वाली केवल आभूषणों से ढकी कुछ कामुक कन्याएँ कमल के सरोवर के निकट नृत्य करती देखी जा सकती हैं। इससे बिलकुल अलग, कुछ चित्रों में तपस्वी जीवन का चित्रण है, जिनमें गेरुए वस्त्र पहने ध्यान में लीन और सिर मुँडाए भिक्षु बैठे नजर आते हैं।"*

विद्वानों द्वारा इन चित्रों के किए विश्लेषण के अलावा और बहुत कुछ नज़र आता है : यह उन भिक्षुओं का आवास था, जिन्होंने समस्त भौतिक इच्छाओं का त्याग कर दिया था और वे संयमित तथा ब्रह्मचर्यपूर्ण तपस्वी जीवन व्यतीत करते थे। उन्हें कामुकता या भौतिक भोग-विलास दर्शाती चित्रकारी से कोई समस्या नहीं थी। यह तब की घटना को दर्शाता है, जब बुद्ध को ज्ञान प्राप्त हो गया था। इसमें मृत्यु के देवता मारा राक्षस की कहानी

---

*www.madrasdocumentries.com

है, जिसने गौतम बुद्ध का ध्यान भटकाने की चेष्टा की। लेकिन बुद्ध का ध्यान भंग नहीं हुआ। जिसे परमात्मा को पाने के अतिरिक्त कोई और इच्छा नहीं है, केवल वही भौतिक सुखों से दूर रह सकता है।

भागवत पुराण में एक कथा है, जिसका यहाँ उल्लेख करना महत्त्वपूर्ण है। कहते हैं, हिंदू देव-युगल नर और नारायण ने बद्रीनाथ में कठोर तपस्या करके धर्म की रक्षा की। एक बार नर और नारायण, निर्विकल्प समाधि की अवस्था में बद्रीनाथ में बैठे थे। उनकी कठोर तपस्या और साधना को देखकर देवराज इंद्र को चिंता हुई। इंद्र को अपना सिंहासन खो देने का भय था, इसलिए उसने योगियों की तपस्या भंग करने का निश्चय किया। इंद्र ने कामदेव को बुलाया और वसंत ऋतु तथा कुछ सुंदर अप्सराओं से कहकर नर-नारायण की साधना को भंग करने का आदेश दिया। इंद्र की इस हरकत को देखकर नर-नारायण को क्रोध आ गया। उन्होंने अपनी जंघा पर थपकी देकर एक अत्यंत सुंदर अप्सरा उत्पन्न कर दी। वह इंद्र के दरबार की सभी अप्सराओं से ज़्यादा सुंदर और श्रेष्ठ थी। नर-नारायण की जंघा से उत्पन्न हुई अप्सरा का नाम उर्वशी पड़ा, क्योंकि संस्कृत में 'उरु' का अर्थ जंघा होता है। कामुक चित्रों के बीच आराम से रहने वाले बौद्ध भिक्षुओं की पहले बताई गई कथाओं की प्रतीकात्मकता, नर-नारायण द्वारा इंद्र को दिए इस उत्तर में दिखती है, "सांसरिक सुख और वासनाएं, सच्चे योगी के क़दमों में रहती हैं।"

अजंता की गुफाओं की दीवारों पर खुदी हुई जातक कहानियाँ, नैतिकता पर ज़ोर देती है, जिससे ज्ञान की प्राप्ति होती है। इन कथाओं का मुख्य पात्र बोधिसत्व यानी वह व्यक्ति है, जिसका लक्ष्य जाग्रत अवस्था को प्राप्त करना है। अथवा ऐसा व्यक्ति जो बुद्ध बनने की राह पर चल रहा हो। प्रत्येक आकृति में बुद्ध के पूर्वजन्म का विवरण है, जिसमें उन्होंने पशु के रूप में जन्म लिया था। फिर भी हर आकृति में उनकी निष्ठा साफ़ नज़र आती है। बोधिसत्व, भौतिक और दिव्य संसार के बीच बने सेतु को दर्शाता है।

अजंता की गुफाएँ, बहुत समृद्ध हैं और वे स्तंभों पर टिकी हुई हैं। इन्हें देखकर उस समय की शिल्पकला, वास्तु-शास्त्र और चित्रकारी की श्रेष्ठता का पता लगता है। इसकी हैरतअंगेज़ स्थापत्य-कला इस बात का प्रमाण है कि उस समय विज्ञान बहुत उन्नत था। रचना में ज़बरदस्त बारीकी और सटीकता थी। यह गुफाएँ उन लोगों को उपलब्ध धातु-निर्माण के ज्ञान को भी दर्शाती हैं। यह उस शानदार कलाकारी और स्थापत्य कला का नमूना है,

जिसने सदियों तक सबकी नज़रों से अनजान रहकर बहुत लंबा समय बिताया है। यह चित्रकारी हमारे समृद्ध अतीत और वर्तमान के बीच ऐसी खिड़की है जो आपको 2000 साल पीछे ले जाती है। यह दिखाती है किस तरह सैकड़ों कलाकारों ने पूरा जीवन धर्म को समर्पित कर दिया। यह मानव मस्तिष्क की शक्ति का प्रमाण है। यह दिखाता है कि जब मनुष्य मन की सीमाओं के पार निकल जाता है, जब वह ज़िंदा रहने से आगे की बातें सोचने लगता है तो पूरी तरह आध्यात्मिक हो जाता है। ऐसी शानदार और श्रेष्ठ रचना तैयार करने के लिए पीढ़ियों तक आस्थावान रहने और कई शताब्दियों के प्रयास की ज़रूरत होती है।

एलोरा की गुफाएँ

निर्माण और स्थान की समानता के चलते एलोरा की गुफाएँ, अजंता के बराबर मानी जाती हैं। ये अजंता की गुफाओं से लगभग 100 किलोमीटर दक्षिण-पश्चिम दिशा में स्थित हैं। इनका निर्माण लगभग 500 से 1000 ई.पू. में हुआ था। एलोरा की गुफाएँ चरणानंदरी की पहाड़ियों को काटकर बनाई गई हैं। इन गुफाओं की विशेषता यह है कि इनमें भारत के तीन प्रमुख धर्मों से जुड़े धार्मिक ढाँचे दिखाई पड़ते हैं। यह भारत की धार्मिक सहिष्णुता का ज़बरदस्त प्रतीक है। बौद्ध गुफाएँ सबसे पुरानी हैं और जैन गुफाओं का निर्माण सबसे बाद में हुआ है। इनमें सबसे शानदार कैलाश मंदिर है, जिसे कैलाशनाथ कहते हैं। यह सोलहवीं गुफा है और इसका नाम हिमालय की कैलाश पर्वत-श्रंखला के नाम पर पड़ा है, जहाँ भगवान शिव का निवास माना गया है। यह अन्य मंदिरों से भिन्न है जिन्हें क्षितिज के समांतर दिशा में बनाया गया था। कैलाश का ढाँचा पत्थरों को नीचे की ओर काटकर बनाया गया है। इसलिए इसमें सूर्य की रोशनी पूरी तरह प्रवेश कर जाती है। आठवीं शताब्दी में बने इस मंदिर का निर्माण कृष्ण प्रथम (756 से 773 ई.) के शासनकाल में हुआ। इसमें से लगभग डेढ़ से दो लाख टन ठोस पत्थर काटकर निकाला गया था। यह 164 फ़ीट लंबा, 108 फ़ीट चौड़ा और 100 फ़ीट ऊँचा है। इसमें चार तल हैं। यह एक ही पत्थर को काट-तराशकर बनाया गया है। इसके भीतर ज़बरदस्त कारीगरी युक्त एकाश्म, बड़े-बड़े कक्ष, गलियारे और खिड़कियाँ हैं तथा अनेक तरह के अद्भुत ढाँचे बने हुए हैं।

इसमें सजावट के तौर पर यहाँ नृसिंह के रूप में विष्णु के दर्शन होते हैं, जिन्हें एक राक्षस से लड़ता दिखाया गया है। प्रवेश द्वार से थोड़ा आगे मुख्य प्रांगण में भगवान शिव के बैल नंदी की प्रतिमा है। मंदिर के दूसरे तल की दीवारों पर हाथियों और अन्य पशुओं की बड़ी-बड़ी मूर्तियाँ हैं। इन कक्षों के भीतर दस सिर वाला रावण भी है, जिसे कैलाश पर्वत को हिलाते दिखाया गया है। इसके अतिरिक्त कामुक मुद्राओं में कुछ देवी-देवता तथा अन्य पौराणिक पात्र भी मंदिर में नज़र आते हैं। इसके कुछ हिस्सों को नष्ट कर दिया गया है और कुछ समय के साथ ख़राब हो गए हैं। यहाँ पत्थरों से बना पुल भी है, जो किसी समय ऊपर के दो तलों को जोड़ता था।*

महाबलीपुरम मंदिर

इसी तरह पत्थरों को काटकर बनाया गया एक और मंदिर, जिसकी तुलना अजंता, एलोरा की गुफाओं से की जाती है, तमिलनाडु की कांचीपुरम जिले में स्थित महाबलीपुरम मंदिर है। इसे लगभग 650 ई. में राजा महेंद्रवर्मन प्रथम और नरसिंहवर्मन प्रथम के समय बनवाया गया था। इन मंदिरों में कुरुक्षेत्र में लड़े गए महाभारत युद्ध के चित्र अंकित हैं। महाबलीपुरम को प्राचीन बंदरगाहयुक्त शहर के रूप में भी जाना जाता है। प्रसिद्ध यात्री मार्कोपोलो ने इन मंदिरों को सप्त पैगोडा कहा है।

इन मंदिरों में पांडवों के बड़े-बड़े रथ दर्शाए गए हैं। प्रत्येक रथ या मंदिर किसी देवता को समर्पित है। इनमें से कुछ बहुत साधारण हैं, जैसे द्रौपदी का मंदिर। कुछ में काफ़ी कलाकारी की गई है और उनमें दो से लेकर तीन तल मौजूद हैं। मंदिर में पुरुष तत्व के प्रतीक के तौर पर भीम को दर्शाया गया है। यहाँ एक और आकर्षण है, जिसमें कुछ कथाएँ भी दर्शाई गई हैं। इनमें भगवान कृष्ण, गोवर्धन पर्वत को अपनी अँगुली पर उठा रहे हैं। एक चित्र, भगवान शिव की मदद से धरती पर उतरी गंगा नदी को दर्शाता है। पत्थर पर बने इन चित्रों में दिखने वाली बारीकी उस समय की कलाकारी को दर्शाती है, जब सातवीं शताब्दी में इन मंदिरों को बनाया गया था। महाबलीपुरम कला और स्थापत्य का ख़ज़ाना है, जहाँ

---

*www.britannica.comèplaceèEllora-caves

पत्थरों पर छैनी-हथौड़े की मदद से एक महाकाव्य के चित्र अंकित कर दिए गए थे।

मीनाक्षी मंदिर

तमिलनाडु के मदुरई शहर का मीनाक्षी मंदिर, प्राचीन भारतीय स्थापत्य-कला का एक और जगमगाता मोती है। कल्पना कीजिए कि आप एक ऐसे मंदिर में प्रवेश करते हैं, जिस पर लगभग 1500 रंग-बिरंगे देवताओं और राक्षसों की रंग-बिरंगी आकृतियाँ बनी हैं। इस मंदिर में बहुत-से गलियारे हैं और यह दक्षिण भारत में धार्मिक और कलात्मक परंपराओं की प्राचीन एवं सक्रिय निरंतरता को दर्शाता है। ऊँची दीवारें और चौकोर आकृतियाँ, स्थापत्य-कला के विद्यार्थियों के सीखने योग्य हैं। यह मंदिर चौरसाकार है और इस ढाँचे के चारों ओर तमिल भाषा में महीनों के नाम वाले संकेंद्रित मार्ग हैं। लगभग बीस हज़ार लोग प्रतिदिन मीनाक्षी मंदिर में दर्शन के लिए आते हैं। यह मंदिर लगभग सात लाख स्क्वायर फ़ीट के क्षेत्रफल में फैला है, जिसमें दो बड़े राष्ट्रीय उद्यान और दर्जनों अन्य मंदिर भी हैं। ये सब अलग-अलग आकार और ऊँचाई के हैं। मंदिर के चारों ओर ऊँची दीवारें हैं, जिसके चलते यह भीतरी और बाहरी निर्माण की दृष्टि से हैरतअंगेज़ कलाकृति है। इसमें छोटे मंदिर, बड़े कक्ष, नीची और ऊँची छतें, अंधेरा, रोशनी, शांति, भीड़-भाड़, शोर-शराबा और अव्यवस्था सबकुछ देखने को मिलता है। मंदिर में कुल मिलाकर 30,000 से अधिक प्रतिमाएँ हैं।

इस मंदिर के निर्माण की कहानी भी बहुत रोचक है। मलयध्वज नाम का एक पांड्य का राजा था। उन्हें एक पुत्र की कामना थी, जो उनका उत्तराधिकारी बन सके। उन्होंने एक यज्ञ किया और देवताओं से इच्छा पूरी करने की प्रार्थना की। परंतु देवताओं ने मलयध्वज को पुत्र की जगह पुत्री दी। उनका नाम मीनाक्षी था। उनके शरीर पर तीन स्तन थे। देवताओं ने राजा से कहा कि वह मीनाक्षी का पालन-पोषण योद्धा की तरह करे। उन्होंने राजा को यह भी बताया कि मीनाक्षी जब बड़ी हो जाएँगी तो उनकी भेंट उनके सच्चे प्रेमी से होगी। तब उनका तीसरा स्तन अपने आप ग़ायब हो जाएगा। मीनाक्षी ने मन लगाकर युद्ध-विद्या ग्रहण की और सभी दिशाओं में शत्रुओं को पराजित कर दिया। फिर वह उत्तर दिशा की ओर बढ़ीं तो उसकी भेंट

कैलाश पर्वत पर भगवान शिव से हुई। उन्हें देखते ही मीनाक्षी का एक स्तन ग़ायब हो गया और इस तरह देवताओं की भविष्यवाणी सत्य सिद्ध हुई।

देवी मीनाक्षी उत्तर की यात्रा पर, जहाँ युद्धभूमि में उनकी भेंट भगवान शिव से हुई।

17वीं शताब्दी के महान तमिल कवि और शिव के भक्त कुमारगुरुपरार ने इस क्षण का इस तरह वर्णन किया है :

'आपने जब युद्धभूमि में शिव को देखा तो आपका तीसरा स्तन ग़ायब हो गया आपने लजाते हुए उनके सामने सिर झुकाया और आप यह देखकर चकित रह गईं कि आपके दो स्तन रह गए थे। आपका हृदय, शिव के प्रति प्रेम से भर गया। आपने उन्हें स्नेहपूर्वक देखा और आप लजा गईं।'

शिव और मीनाक्षी के विवाह में हिंदुओं के एक प्रमुख देवता भगवान विष्णु, मीनाक्षी के भाई के रूप में आए थे। उन्होंने विवाह में पुरोहित का कार्य किया और बाद में शिव और मीनाक्षी मदुरई में रहने लगे; जहाँ उन्होंने राजा-रानी बनकर शासन भी किया।

कहते हैं, भगवान विष्णु अपने धाम श्रीवैकुंठ से यात्रा करके विवाह में भाग लेने पहुँचे थे। लेकिन उन्हें आने में थोड़ी देर हो गई और उनके बिना ही विवाह संपन्न हो गया। यह अपमान देखकर विष्णु को क्रोध आ गया। उन्होंने फिर कभी मदुरई में प्रवेश नहीं करने की शपथ ली और पास

के अझगर कोविल नामक स्थान पर बस गए। बाद में उन्हें मना लिया गया था और आज तक अझगर तिरुविला नाम के त्यौहार पर विष्णु को शांत व संतुष्ट करने के लिए उत्सव मनाया जाता है।

मदुरई का यह प्राचीन मंदिर, लगभग सातवीं शताब्दी के आसपास बनाया गया था। यह विशाल मंदिर और इसके आसपास के मार्ग वास्तु-शास्त्र के पवित्र परंपरा के अनुसार निर्मित है। इनमें हिंदू-ग्रंथों में वर्णित आकार, माप, नक़्शे और स्थापत्य आदि का पूरा ध्यान रखा गया है। मीनाक्षी मंदिर, स्थापत्य-कला का एक बेजोड़ उदाहरण है। द्रविड़ स्थापत्य कला भारत के दक्षिणी राज्यों में स्थापत्य की सबसे प्रचलित पद्धति है। मंदिरों के ऊपर द्वारमंडप, दोनों ओर ऊँचे प्रवेश-द्वार, अनेक तलों से युक्त विशाल कक्ष और उत्सव पर स्नान के लिए पानी के हौद, द्रविड़ स्थापत्य की प्रमुख विशेषताएँ हैं।

मंदिर के मध्य में दो मुख्य गर्भगृह हैं, जो केवल हिंदुओं के लिए खोले जाते हैं। उनमें से एक मीनाक्षी को समर्पित है, जो देवी पार्वती का रूप हैं। दूसरा, सुंदरेश्वर यानी भगवान शिव के रूप को समर्पित है। दोनों गर्भगृह के ऊपर एक स्वर्ण कलश है। दोनों गर्भगृह के सामने एक मंडप है, जो स्तंभयुक्त मंडपनुमा ढाँचा है। गर्भगृह तक जाने के लिए तीर्थ-यात्रियों को इसमें से होकर गुज़रना पड़ता है।

प्रत्येक शुक्रवार, शाम के समय मीनाक्षी और सुंदरेश्वर की प्रतिमाओं को मंदिर के झूले पर बैठाया जाता है और उन्हें धीरे-धीरे झुलाते हैं। हर साल वसंत में कई दिनों तक यह उत्सव मनाया जाता है।

मंदिर के दक्षिणी छोर पर स्वर्ण-कुमुदिनी हौद है, जहाँ मीनाक्षी और सुंदरेश्वर के गर्भगृह तक जाने से पहले लोगों को स्नान करना होता है। मंदिर के उत्तर-पूर्वी कोण में एक हज़ार खंभों वाला विशाल कक्ष है, जिसे मंडप कहते हैं। हालाँकि यहाँ 985 खंभे हैं, लेकिन इसका प्रभाव बहुत शानदार है। पत्थर के इन खंभों पर देवताओं-असुरों और पशुओं आदि के चित्र अंकित हैं। पहले यहाँ केवल धार्मिक नृत्य और संगीत के कार्यक्रम आयोजित किए जाते थे, जिन्हें राजा बैठकर देखता था। हज़ार खंभों वाला यह मंडप, आज मुख्य रूप से संग्रहालय बन चुका है जहाँ तरह-तरह की प्रतिमाएँ, पेंटिंग और मंदिर के इतिहास से जुड़ी अन्य वस्तुएँ रखी गई हैं।

मंदिर की विशाल इमारतें या गोपुर, दरअसल प्रवेश-द्वार हैं। मंदिर में आने वाले कुछ तीर्थयात्री इन्हें ही मंदिर समझ लेते हैं। गोपुर शब्द तमिल शब्दों 'को' यानी राजा और 'पुरम' यानी बाह्यद्वार से अथवा संस्कृत के 'गो' यानी गाय और 'पुरम' यानी नगर से मिलकर बना है। यहाँ कुल मिलाकर 14 गोपुर हैं। जैसे-जैसे आप मंदिर के केंद्रीय भाग से दूर हटते हैं, उनकी ऊँचाई बढ़ती चली जाती है। ऐसा इसलिए है कि बाहर के हिस्सों को बाद के राजाओं बनवाया। उन्होंने अपनी शक्ति और समर्पण के प्रतीक के रूप में इनका आकार बड़ा बनवाया था। ये गोपुर उन पवित्र स्थानों के प्रवेश को दर्शाते हैं। इन पर भड़कीले रंगों वाले देवताओं और असुरों की आकृतियाँ बनी हैं।

सबसे बड़ा गोपुर, लगभग 170 फ़ीट ऊँचा है। उस पर 1500 आकृतियाँ हैं और हर 12 साल में इसकी मरम्मत की जाती है। इसे दोबारा रंगा जाता है। इतने भड़कीले रंगों वाली आकृतियों को देखकर कुछ दर्शक तो बहुत प्रसन्न होते हैं, लेकिन कुछ को यह पसंद नहीं आता। इस बात की संभावना है कि अधिकांश हिंदू मंदिर, प्राचीन यूनानी और मिस्र के मंदिरों की भाँति भड़कीले रंगों से सजाए जाते थे और आज भी वह परंपरा क़ायम है।"*

नालंदा

नालंदा को दुनिया का सबसे प्राचीन औपचारिक शिक्षा केंद्र माना जाता है। इसके आरंभ की सटीक तिथि बता पाना कठिन है, लेकिन नालंदा की नींव के पत्थर से प्राप्त सूचना से निष्कर्ष निकाला जा सकता है कि इसकी स्थापना कम से कम चौथी या पाँचवीं शताब्दी ई.पू. में हुई होगी। बौद्ध धर्म के दस्तावेज़ों में बुद्ध द्वारा नालंदा-यात्रा की कथाएँ मिलती हैं। नालंदा के कुछ हिस्सों का निर्माण मौर्य शासक अशोक ने किया था, परंतु इसका अधिकांश विकास पाँचवीं शताब्दी ई. के आसपास गुप्त वंश के संरक्षण में हुआ।

नालंदा को हमेशा से शिक्षा के केंद्र के रूप में सम्मान प्राप्त हुआ है। नालंदा विश्वविद्यालय, दुनिया का सबसे पहला अंतरराष्ट्रीय आवासीय

---

*मीनाक्षी मंदिर की आधिकारिक वेबसाइट और www.khanacademy.org

विश्वविद्यालय था। इस संस्था की प्रसिद्धि उन विद्वानों और विद्यार्थियों के बीच भी थी जो श्रीलंका, तिब्बत, चीन, कोरिया और मध्य एशिया के विभिन्न भागों से आते थे। कहा जाता है कि इस विश्वविद्यालय में 1500 शिक्षक और विद्वान थे और अपने चरमकाल पर यहाँ लगभग 10,000 विद्यार्थी पढ़ते थे। यहाँ दर्शन, राजनीति, विधि, विज्ञान और कला की शिक्षा दी जाती थी। प्रसिद्ध चीनी यात्री ह्वेन सांग भी इस विश्वविद्यालय का छात्र रह चुका है। नालंदा विश्वविद्यालय ऐसी जगह है जो 500 ई. से 1200 ई. तक शिक्षा का मुख्य केंद्र रहा। शताब्दियों पहले हुए हमलों और उनसे हुई क्षति के बाद भी इस विश्वविद्यालय के अवशेष मौजूद हैं। यह स्थान भारत के गौरवशाली अतीत के प्रतीक के रूप में आज भी विद्यमान है।

प्राचीन भारत के ज्ञान का केंद्र नालंदा, केवल शिक्षा के क्षेत्र में ही उन्नत और समृद्ध नहीं था, बल्कि इसके अवशेष बताते हैं कि यह स्थापत्य और शिल्प-कला का भी उत्कृष्ट उदाहरण रहा है। मौर्य काल में नालंदा विश्वविद्यालय के परिसर में दस से भी अधिक बौद्ध मंदिर बने हुए थे। उस समय इस विश्वविद्यालय को सबसे बड़ा महाविहार माना जाता था।

गुप्तकालीन नालंदा, अपनी स्थापत्य विशिष्टता के लिए विख्यात था। ये ढाँचे उस समय की कला और कुशल कारीगरी के ज़बरदस्त और उत्कृष्ट नमूने हैं। पुरातत्व विभाग द्वारा की गई खुदाई में इस बात के प्रमाण मिले हैं कि यहाँ अलग-अलग समय पर निर्माण होता रहा। इसका उद्देश्य विश्वविद्यालय के ढाँचे को क़ायम रखना था।

इस प्राचीन संस्था का आकार बहुत बड़ा था। इसकी लंबाई डेढ़ किलोमीटर और चौड़ाई एक किलोमीटर तक थी। उस समय की सबसे बड़ी शैक्षिक संस्था होने के कारण नालंदा विश्वविद्यालय में ग्यारह मठ और एक अत्यंत विशाल पुस्तकालय था जो रत्नसागर, रत्नदढ़ी और रत्नरंजक नाम की तीन इमारतों के बीच बना था। प्रत्येक इमारत में नौ तल थे और किताबों का ज़बरदस्त संग्रह था, जिसमें धर्म, साहित्य, ज्योतिष, खगोल-शास्त्र, रसायन और बहुत-से विषयों पर ढेरों किताबें उपलब्ध थीं। आवासीय विद्यार्थियों और यात्रियों के लिए 300 कमरे थे। बैठकों और अन्य कार्यक्रमों के लिए आठ विशाल कक्ष भी बने हुए थे। इस ढाँचे का एक मुख्य आकर्षण सारिपुत्र स्तूप है, जिसमें बहुत-सी सीढ़ियाँ हैं जो आगे जाकर एक मंदिर तक पहुँचती हैं। विश्वविद्यालय का आकार इतना बड़ा था कि यहाँ 10,000 विद्यार्थी और

2,000 शिक्षक आराम से रह सकते थे। इसे स्थापत्य की उत्कृष्ट रचना माना जाता है। इसकी दीवारें बहुत ऊँची और द्वार बहुत मज़बूत थे।

अपने चरमकाल में नालंदा विश्वविद्यालय, केवल बौद्ध धर्म के अध्ययन तक सीमित नहीं था, बल्कि यहाँ विद्यार्थियों को ललित कला, चिकित्सा, गणित, खगोल, विज्ञान, राजनीति और युद्ध-कला भी सिखाई जाती थी। नालंदा विश्वविद्यालय में प्रवेश पाना बहुत कठिन था। विद्यार्थियों को योग्यता सिद्ध करने के लिए तीन स्तर की परीक्षाओं से गुज़रना पड़ता था। अनुशासन और नियमों का कड़ाई से पालन करना आवश्यक था। ऐसा माना जाता है कि महान खगोलशास्त्री और गणितज्ञ आर्यभट्ट किसी समय पर इस विश्वविद्यालय के प्रधान थे।

आक्रमणकारियों द्वारा नष्ट किए जाने से पहले कोरिया, जापान, पर्शिया, तिब्बत, चीन, यूनान और ग्रेटर ईरान के कुछ हिस्सों से आए विद्वान और शिक्षक इस महान विश्वविद्यालय का हिस्सा थे। नालंदा विश्वविद्यालय में पढ़ने वाले कुछ प्रसिद्ध विद्वानों में हर्षवर्धन, वसुबंधु, धर्मपाल, सुविष्णु, असंग, धर्मकीर्ति, शांतरक्षिता, नागार्जुन, आर्यदेव, पद्मसंभव, शुआनजैंग और ह्यु ली जैसे लोग शामिल थे।

उपलब्ध दस्तावेज़ों के अनुसार नालंदा विश्वविद्यालय को आक्रमणकारियों द्वारा तीन बार ध्वस्त किया गया। सबसे बड़ा हमला तुर्की राजा बख़्तियार खिलजी ने 1193 में मुस्लिम सेना के साथ मिलकर दिया था। कहते हैं, जब खिलजी ने नालंदा को नष्ट किया और इसके पुस्तकालय में आग लगाई तो उसे पूरी तरह जलने में तीन महीने लग गए, क्योंकि उस समय वहाँ कुल मिलाकर नब्बे लाख पांडुलिपियाँ और किताबें मौजूद थीं।

बृहदेश्वर मंदिर

बृहदेश्वर मंदिर, दक्षिण भारत की स्थापत्य-कला का शानदार उदाहरण है। इसे मंदिर-निर्माण के क्षेत्र में अजूबा माना जाता है। इस मंदिर में गर्भगृह में स्थित एक विशाल शिवलिंग है जिसके कारण इसका नाम बृहदेश्वर है। यह मंदिर इतिहास में अपने समय के बने अन्य किसी भी मंदिर से कई गुना बड़ा है। इसके 216 फ़ीट ऊँचे विमान के चलते यह दुनिया के मानव-निर्मित इमारतों में सबसे ऊँचा माना जाता है। यह मंदिर, चोल राजाओं द्वारा

स्थापत्य, मूर्तिकला, चित्रकला और धातुविज्ञान के क्षेत्र में अद्भुत कुशलता को दर्शाता है। मंदिर का मुख्य गर्भगृह एक महालिंगम है। इस शिवलिंग की गोलाई 23 फ़ीट और ऊँचाई 9 फ़ीट है। मंदिर में शिव के वाहन के रूप में नंदी बैल की प्रतिमा है जिसे एक पत्थर से काटकर बनाया गया है। इसकी ऊँचाई 12 फ़ीट, लंबाई 19.5 फ़ीट और चौड़ाई 18.25 फ़ीट है। इसका वज़न लगभग 25 टन है। नंदी के बैठने के स्थान को नायक मंडपम कहते हैं।

81 टन का शिखर, बृहदेश्वर मंदिर के शीर्ष तक ले जाने के लिए उसे 7 किलोमीटर लंबी ढलान पर खींचता हाथी

जनश्रुति के अनुसार नंदी का क़द बढ़ रहा था और लोगों को डर था कि यह मंडप से बाहर निकल जाएगा। इसलिए उन्होंने उसकी पीठ में एक कील ठोक दी और फिर इसका क़द बढ़ना रुक गया।

मंदिर को बनाने में कुल 12 वर्ष का समय लगा। इसके बाद राजराज चोल प्रथम ने 1011 ई. में इसका कुंभ अभिषेक किया। यह मंदिर राजराज चोल प्रथम द्वारा दक्षिण भारत, सीलोन और मालदीव द्वीपों पर मिली विजय और उपलब्धि के सम्मान में बनाया गया था। राजा ने सपने में भगवान शिव से मिले आदेश के बाद इस मंदिर की नींव रखी थी। उसने मंदिर के निर्माण और यहाँ प्रतिदिन होने वाले अनुष्ठानों के विषय में 107 गद्यांश खुदवाए थे जिनमें विस्तार से प्रत्येक अनुष्ठान और उसकी विधि और पद्धति का

उल्लेख किया गया है। इनमें प्रसाद का विवरण शामिल है और दान किए गए रत्न-माणिक्य के विवरण तथा उनसे होने वाली सजावट के विषय में भी बताया गया है। इनमें महत्त्वपूर्ण दिनों पर होने वाली विशेष पूजा की पद्धति भी अंकित है। इसके अलावा मंदिर के प्रशासन को लेकर भी जानकारी दी गई है। यह इस मंदिर की विशेषता है अन्यत्र कहीं देखने को नहीं मिलती। कहते हैं, ये सभी 107 गद्यांश राजा ने महल की पूर्वी दिशा में एक विशाल स्नानघर में बैठकर अपने सामने खुदवाए थे।

यह पूरा मंदिर ग्रेनाइट पत्थर से बना है। इसके निर्माण के लिए विशाल आकार के पत्थर दूर-दराज के इलाक़ों से लाए गए थे। सबसे हैरतअंगेज़ बात यह है कि इसके विमान का पत्थर, जिसका कुल वज़न 81 टन है और उस पर 16 किलो सोने की परत भी चढ़ी हुई है, एक ग्रेनाइट चट्टान से काटकर बनाया गया और फिर इसे मंदिर के शिखर पर स्थापित किया गया। स्थापत्य-विशेषज्ञ भी आज तक यह समझ नहीं पाए कि 81 टन का इतना विशाल पत्थर उठाकर 216 फ़ीट (66 मीटर) ऊँचे खोखले शिखर पर कैसे रखा गया होगा!

लोग कहते हैं कि इसके लिए 7 किलोमीटर लंबी ढलान बनवाई गई थी और हाथियों तथा मजदूरों की मदद से उस पत्थर को मंदिर के शिखर तक पहुँचाया गया। इसके विशालकाय आकार के अलावा एक अन्य विशेष बात यह है कि इसमें शानदार रंग और गलियारों और छतों पर ज़बरदस्त चित्रकारी देखने को मिलती है। ये आश्चर्यजनक बातें ना केवल विकसित मानव-कौशल का प्रमाण हैं, बल्कि एक समृद्ध समाज के अस्तित्व को भी दर्शाती हैं। यह चित्रकारी के आश्चर्यजनक नमूने अलग-अलग कहानियों से जुड़े हैं। कुछ ऐसी कहानियाँ भी प्रचलित हैं कि इस मंदिर के निर्माण के लिए दैवी सहयोग अवश्य मिला होगा। हालाँकि विद्वान इन कथाओं को जनश्रुति ही मानते हैं। परंतु आप ऐसी जगह पर जाएँ और इसके विशाल ढाँचे के नीचे से देखें तो आपको भी विश्वास हो जाएगा कि इस तरह की अद्भुत रचना बिना दैवी सहयोग के संभव नहीं हो सकती। इसकी सच्चाई क्या है, यह कोई नहीं जानता, लेकिन एक बात बिलकुल स्पष्ट है कि धर्म में वह शक्ति है जो मनुष्य को अपनी सीमाओं से पार जाने की प्रेरणा और हिम्मत देती है।

इसलिए इन मंदिरों को ऐसे पवित्र स्थान के रूप में देखना, जिन्हें केवल धर्म के समर्थन हेतु बनाया गया, वास्तव में इनके महत्त्व को कम करने जैसा

है। ये आश्चर्यजनक इमारतें, प्रेरणा और ज्ञान की स्रोत हैं, ये अदम्य साहस की प्रतीक हैं और उस समय के असाधारण ज्ञान को दर्शाती हैं। उन लोगों ने ऐसी अद्भुत कल्पना की, फिर योजना बनाई और उसे कार्यान्वित भी कर दिखाया। एक नज़र में कोई भी इन्हें देखकर प्रभावित हुए बिना नहीं रह सकता। स्थापत्य कला के अतिरिक्त ये इमारतें और मंदिर, तत्कालीन समाज की उच्च चिंतन शक्ति और श्रेष्ठ जीवन-शैली के भी प्रतीक हैं।

7

विज्ञान के अग्रदूत

आकृष्टिशक्तिश्च मही तया यत खस्थं गुरुं स्वाभिमुखं स्वशक्तत्या।
आकृष्यत तत्पततीव भातिसमे समन्तात क्व पतत्वियं खे।।

– सिद्धांतशिरोमणि*

'ब्रह्मांड की अक्रिय वस्तुओं को पृथ्वी अपनी ओर खींचती है। ऐसा प्रतीत होता है कि वह वस्तु पृथ्वी पर गिरी है। चूँकि ब्रह्मांड समरूपी है तो पृथ्वी कहाँ गिरेगी?'

भास्कराचार्य, अपनी पुत्री लीलावती को यही उत्तर देते हैं, जब वह उनसे उस शक्ति के बारे में पूछती है, जिसने धरती को थाम रखा है। यह उत्तर सूक्ष्म रूप से गुरुत्वाकर्षण बल को समझाता है और यह न्यूटन द्वारा की गई खोज से शताब्दियों पहले की बात है। फिर भी न्यूटन को आज के वैज्ञानिक युग या आधुनिक विज्ञान का जनक समझा जाता है। आज हम लोग अनेक तरह की नई खोज और आविष्कारों के बारे में सुनते हैं, लेकिन हमें उन बुद्धिजीवियों और नायकों को नहीं भूलना चाहिए, जिन्होंने विज्ञान की इन शाखाओं की नींव रखी, जिस पर आज वैज्ञानिक अजूबे तैयार किए जा रहे हैं।

---

*_द लीलावती ऑफ़ भास्कराचार्य,_ पटवर्धन, नैमपल्ली और सिंह, मोतीलाल बनारसीदास प्रकाशक।

आज हम सामाजिक और व्यवसायिक आदि अनेक स्तरों पर बहुत व्यस्त रहते हैं। हमें यह सोचने का भी समय नहीं मिलता कि हमारी पीढ़ी, धरती की किसी भी अन्य प्रजाति की तुलना में अधिक सुविधाजनक ढंग से रहती है। इस बात की कल्पना करना भी मुश्किल है कि हज़ारों वर्ष पहले हुई खोज और आविष्कारों में यदि कुछ भी छूट गया होता तो आज हमारा जीवन कैसा होता। कल्पना कीजिए कि लोहे, गणित या चिकित्सा विज्ञान, आयुर्वेद आदि के बिना हमारा क्या होता। आप सोचेंगे तो यह विचार आपके दिमाग़ में ज़रूर आएगा कि हमारा आधुनिक समाज अपनी पुरानी पीढ़ियों और पूर्वजों का ऋणी है, जिन्होंने विकास की प्रक्रिया में अपने ज्ञान और बुद्धि का इतना बड़ा योगदान दिया था।

कुछ खोज और आविष्कार अकस्मात हुए, लेकिन उनमें से कुछ, बहादुर लोगों के अदम्य साहस और जीवटता का परिणाम थे। उन्होंने एक बड़ी संकल्पना को दिमाग़ में रखकर आगे क़दम बढ़ाया और वर्षों तक उस पर शोध किया। किसी महत्त्वपूर्ण चीज़ को बनाने या उसकी खोज करने के लिए उन्नत मस्तिष्क और असाधारण बुद्धि की आवश्यकता होती है। आधुनिक संदर्भ में हम इन रचनाओं को वैज्ञानिक अथवा बुद्धिजीवी कहते हैं। लेकिन सचमुच वे ऐसे लोग थे, जिन्होंने हमारे मौजूदा आविष्कार और खोज के नींव के पत्थर रखे। इसमें से ज़्यादातर नामों को भुला दिया गया है और उनके योगदान की दुनिया ने अनदेखी कर दी है। कुछ लोगों के नाम याद हैं, कुछ पर विवाद है। कई बार किसी आविष्कारक की महानता या उसके योगदान का श्रेय किसी और को दे दिया जाता है।

आज यदि आप किसी खोज या आविष्कार को अंग्रेज़ी शासन से पहले के समय से जोड़ेंगे या किसी को उसका श्रेय देंगे तो आपको संकीर्ण विचारवाला या पुरातन सोचवाला कहा जाएगा। आज की पीढ़ी के अधिकांश लोग, छह ऋतुओं से अनजान हैं - वसंत, ग्रीष्म, वर्षा, शरद, हेमंत और शिशिर। हालाँकि यही भारत की प्रमुख ऋतुएँ हैं, लेकिन हमारे विद्यालयों में चार ऋतुएँ पढ़ाई जाती हैं। इस व्यवस्था के दूसरे सिरे पर ऐसे लोग हैं, जो भारत और उसके गौरवशाली इतिहास को बाँधकर रख देना चाहते हैं। परंतु इस पुस्तक का सार यही है कि सत्य, एक सिरे पर नहीं मिलता, बल्कि उसे कहीं बीच में खोजना पड़ता है। भारत के इतिहास के प्रति संतुलित दृष्टिकोण हमें आधुनिक समय के वैज्ञानिक चमत्कारों की जड़ों और बीजों तक पहुँचा

सकता है। भारत में हुई किसी वैज्ञानिक खोज को दो या तीन हज़ार साल पुराना शायद सही नहीं हो, लेकिन यह सच्चाई है कि भारतीयों ने ऐसे कई आविष्कार किए जिन्होंने देश को ऐसे समय पर प्रगति और विकास की दिशा दी जब आधी दुनिया को उसका अंदाज़ा भी नहीं था।

इस किताब में संतुलित दृष्टिकोण रखा गया है। इसी तरह ऐसे कई शोध और अध्ययन हैं, जिन्हें कुछ विद्वानों ने तैयार किया है। लेकिन उन्हें काल्पनिक मान लिया जाता है। फिर भी उनमें इतने तथ्य अवश्य मौजूद हैं कि उन्हें सत्य के निकट समझा जा सकता है। इसका एक उदाहरण, डार्विन की थ्योरी ऑफ़ इवोल्यूशन (क्रमिक विकास सिद्धांत) और भगवान विष्णु के 'दशावतार' के बीच की समानता है।

1859 में चार्ल्स डार्विन ने क्रमिक विकास सिद्धांत दिया था। डार्विन ने यह सिद्धांत कुछ प्रमाणों के साथ अपनी पुस्तक *ऑन द ओरिजिन ऑफ़ स्पीशीज़* में प्रकाशित किया। उसमें डार्विन ने वैज्ञानिक ढंग से प्रजातियों के तत्त्वांतरण की अवधारणा में मौजूद ग़लतियों की ओर इशारा किया। इस किताब को बहुत-से समकालीन शोधकर्ताओं का समर्थन मिला, लेकिन 1870 के दशक में अधिकांश वैज्ञानिकों ने विकास को तथ्य के रूप में स्वीकार कर लिया। परंतु पश्चिमी जगत में उन्होंने वह सब सिखाने-पढ़ाने की अनुमति नहीं दी जो बाइबल की कहानियों के ख़िलाफ़ था। 1930 में एक विख्यात अमेरिकी वकील ने इस बात को प्रचलित 'स्कोप्स वर्सेस स्टेट्स' के द्वारा स्थापित किया। बाइबल में बताया गया है कि पृथ्वी की आयु 6000 साल है। उसमें लिखा है कि ईश्वर ने सबसे पहले ब्रह्मांड की रचना की और स्वर्ग तथा पृथ्वी बनाने के बाद एक-एक पुरुष और स्त्री को बनाया, जिनका नाम आदम और हव्वा था। इनकी रचना भगवान ने छठे दिन की, लेकिन डार्विन के सिद्धांत के अनुसार पृथ्वी की आयु कई हज़ार वर्ष है। यह बात बाइबल में दिए तथ्यों से अलग है। इसने कट्टरवादी बनाम आधुनिकतवादी विवाद को हवा दी, जिसके कारण यह कहने वाले आधुकतावादी कि विकास और धर्म में सामंजस्य है, कट्टरवादियों के विरुद्ध हो गए, जिनका यह मानना था कि बाइबल में लिखा ईश्वर का संदेश, समस्त मानव-ज्ञान से ऊपर है।

यह अध्ययन, विचारधारा की लड़ाई के अलावा एक ऐसा विचार बन गया, जिसने यह प्रश्न पैदा किया कि रचना और विकास के विवाद से संबंधित आधुनिक विज्ञान को स्कूलों में पढ़ाया जाना चाहिए या नहीं। परंतु

भारत में इससे एक दशक पहले सर जॉन वुड्रॉफ़ ने, जो 1865 से 1936 तक बंगाल के एडवोकेट जनरल और तत्कालीन भारत सरकार के लीगल सदस्य भी थे, डार्विन के क्रमिक विकास के सिद्धांत और विष्णु के दशावतार पर अध्ययन किया। उनका कहना था, "लामार्क और डार्विन से युगों पहले भारत में यह तथ्य स्थापित हो गया था कि प्राणी को पशु-पक्षियों, पौधों और अन्य निम्न श्रेणी की प्रजातियों में चौरासी लाख बार जन्म लेने के बाद मनुष्य योनि प्राप्त होती है। इसके बाद मनुष्य आज के विकसित रूप तक पहुँचा है। यह सिद्धांत, एक ज़बरदस्त और शानदार निष्कर्ष था जिसमें शोध का भी कुछ योगदान रहा होगा!"

अब हम इस तुलना को संक्षेप में समझने का प्रयास करते हैं :

मत्स्य - डार्विन के सिद्धांत के अनुसार जीवन, समुद्र से आरंभ हुआ। विष्णु का पहला अवतार भी मछली के रूप में हुआ था, जो पानी में रहने वाला प्राणी है। उसने मनु को महाप्रलय से बचाया।

कूर्म - डार्विन का कहना था कि धीरे-धीरे प्रजातियों ने पानी से बाहर आना शुरू किया। इसी तरह विष्णु का दूसरा कूर्म अवतार, एक उभयचर है। हमने कूर्म अवतार की कहानी समुद्र-मंथन की कथा के समय बताई थी।

वराह - लंबी दूरियाँ तय करने की ज़रूरत पैदा हुई तो प्राणियों के पैर विकसित होने लगे। विष्णु का तीसरा अवतार वराह के रूप में हुआ जो स्तनपायी होने के साथ-साथ ज़मीन पर रहने वाला प्राणी है।

नृसिंह - इस अवतार में मनुष्य और पशु दोनों के गुण मौजूद थे। यह उन प्रजातियों के समान था जिनसे पहले मनुष्य का उदय हुआ। आधे मनुष्य और आधे सिंह के रूप में अवतार लेकर विष्णु ने हिरण्यकशिपु नामक असुर पर विजय प्राप्त की।

वामन - यह विष्णु का पाँचवाँ अवतार था। इसमें मनुष्य का वामन रूप नज़र आया जो छोटे क़द की वानर प्रजातियों के समान था। बाद में यह पूर्ण रूप से विकसित हो गया। इसे हम आदि मानव कहते हैं। इसे पिग्मॉइड भी कहा जाता है, जिसके बाद जंगल में रहने वाले पूर्ण विकसित मनुष्य पैदा हुए। उन्होंने धीरे-धीरे कुल्हाड़ी जैसे साधारण उपकरणों का प्रयोग शुरू किया। यह विष्णु के छठे अवतार परशुराम का रूप था।

भगवान विष्णु के दस अवतार

राम - यह एक पूर्ण और सभ्य पुरुष का रूप है, जिसके पास धनुष-बाण जैसे हथियार थे। वह विकसित सामाजिक संरचना में रहने वाला मनुष्य था, जिसने संबंधों की स्थापना की। यह ऐसा युग था, जिसमें होमोसेपियन और प्रोटो ह्यूमन यानी मनुष्य और वानर दोनों मिलकर रहते थे।

कृष्ण - कृष्ण को पूर्ण अवतार माना जाता है। उन्होंने ना केवल सामाजिक और नैतिक नियमों का पालन किया, बल्कि ज़रूरत पड़ने पर उन्हें तोड़ भी दिया। कृष्ण को संगीत, नृत्य तथा अन्य कई कलाओं का ज्ञान था। युद्ध के लिए उनके पास अति विकसित हथियार थे।

बुद्ध - यह विष्णु का नौवाँ प्रबुद्ध तथा विवेकशील अवतार था, जिसने ना केवल साधारण जीवन की सुविधाओं और सुखों के विषय में विचार किया, बल्कि मानव अस्तित्व से परे जाकर मनुष्य के जीवन के आध्यात्मिक पक्ष को भी उजागर किया।

कल्कि - यह विष्णु का दसवाँ अवतार है, जो कलियुग में संहारक की भूमिका में प्रकट होगा।

उपरोक्त अवधारणाओं और मान्यताओं को पुराणों की सहमति प्राप्त है, लेकिन हिंदू धर्म-ग्रंथों में इन अवतारों को इस रूप में नहीं समझाया गया। यह मान्यता बाद में विकसित हुई है। फिर भी यह मानना होगा कि भारत के ऋषियों ने वेदों के माध्यम से उत्कृष्ट श्रेणी का साहित्य रचा है। उन्होंने बेहद सुंदर काव्य की रचना की। सबसे उत्तम बात यह है कि इसे सार्थक जीवन जीने के लिए सर्वश्रेष्ठ दर्शन और जीवनशैली माना जाता है। इसमें कोई संदेह नहीं कि वैदिक-काल में भारतीयों के पास विज्ञान का भरपूर की जानकारी उपलब्ध थी। प्राचीन भारतीय स्थापत्य, जल-संरक्षण की तकनीक, धातु-विज्ञान, ज्यामिति और बीजगणित का विस्तृत और ज़बरदस्त ज्ञान इस बात का प्रमाण है कि विज्ञान बहुत उन्नति कर चुका था। यदि प्राचीनकाल में लोगों ने बुद्धि से भारत की उन्नति में योगदान दिया होता तो यह दुनिया वैसी ना होती, जैसी आज नज़र आती है। यहाँ हम कुछ प्रमुख भारतीय खोज और आविष्कारों का उल्लेख करेंगे, जिन्हें जिनका श्रेय पाश्चात्य जगत को दिया जाता है जबकि इनकी खोज भारत ने बहुत पहले कर ली गई थी।

हम ज़ीरो यानी शून्य से शुरू करते हैं। यह गणित के लिए ही नहीं, बल्कि विज्ञान की सभी शाखाओं के लिए बहुत ज़रूरी खोज थी। शून्य की खोज कितनी महत्त्वपूर्ण है, यह समझने के लिए हमें यह देखना होगा कि पाश्चात्य संख्या प्रणाली में 1888 को कैसे लिखा जाता है : MDCCCLXXXVIII- क्या इस संख्या प्रणाली पर आधारित गणना के अनुसार मंगल ग्रह की ओर जाने वाले अंतरिक्षयान या किसी ऐसे अन्य वाहन की गति की कल्पना की जा सकती है, जो प्रति 10 सेकंड में 0 से 100 किलोमीटर की रफ़्तार से चल सकता हो। इस विकास के लिए उत्तरदायी संख्या प्रणाली को आज बीजगणित के नाम से जाना जाता है। अल-ख़्वारिज्मी ने, जिसे आधुनिक गणित का जनक कहा जाता है, पश्चिमी दुनिया का बीजगणित से परिचय

करवाया। यह उस समय की बात है जब अरब के ज्ञान से भरे हुए ग्रंथों का लैटिन भाषा में अनुवाद किया जा रहा था। इसका उद्देश्य यूरोप को इन उपलब्धियों का श्रेय देना था। इस जल्दबाजी में किसी ने ध्यान नहीं दिया कि ज्ञान का मूल स्रोत क्या है।

825 में अल-ख़्वारिज्मी ने एक किताब लिखी, जिसके शिर्षक में 'अल-जबर' शब्द का प्रयोग किया गया था। इसका अर्थ है, पूर्णता अथवा पुनर्संयोग। इसी शब्द से 'एलजेब्रा' शब्द निकला। यह किताब द्विघात समीकरण के नियमों को परिभाषित करती है और एलजेब्रा की अन्य संख्या-प्रणालियों के नियम भी बताती है, जिन्हें हम आज इस्तेमाल करते हैं। अपनी किताब में अल-ख़्वारिज्मी ने अनेक नियमों और अंकगणित की खोज का श्रेय किसी अज्ञात भारतीय गणितज्ञ को दिया था। इनमें शून्य और 'नेगेटिव हल' भी शामिल थे। यह दिखाता है कि भारत में गणित से संबंधित ज्ञान उस समय भी अतुलनीय था। अरब के व्यापारियों के माध्यम से यह ज्ञान, मध्य-पूर्व तक फैला और फिर दुनिया के अन्य कोनों तक जा पहुँचा।

लिखित प्रमाणों के आधार पर अल-ख़्वारिज्मी की किताब में यह निष्कर्ष निकाला गया कि भारत में गणित का विकास, केवल एक-दो महान गणितज्ञों तक सीमित नहीं था बल्कि वह शिक्षित वर्ग की संस्कृति का हिस्सा था। ज्ञान के प्रति उनकी उत्कंठा ने भारत को महान और चिंतनशील लोगों का निवास-स्थान बनाया। भारत में संसार के कई विख्यात विश्वविद्यालय हुए हैं, जहाँ समय-समय पर दुनिया भर से विद्वान और विद्यार्थी सम्मिलित होते थे। बाद में इन्हें कट्टरपंथी हमलावरों ने नष्ट कर दिया।

गणित की बात करते हैं तो हमें आर्यभट्ट की योगदान से शुरू करना चाहिए (476 ई. - 550 ई.)। आर्यभट्ट को केवल गणित में उनके योगदान के लिए नहीं जाना जाता, बल्कि खगोल-शास्त्र, ज्योतिष और भौतिकी के क्षेत्र में भी उनका अमूल्य योगदान था। उनका सबसे महत्त्वपूर्ण योगदान शून्य की खोज है। उन्होंने शून्य की अवधारणा को भारत के प्राचीन शून्यवाद दर्शन से भी जोड़कर देखा। आर्यभट्ट ने चार दशमलव तक 'पाई' की संख्या की गणना की और पृथ्वी और चंद्रमा के बीच की दूरी का भी सटीकता से पता लगाया। कॉपरनिकस के सूर्य-केंद्रीय सिद्धांत से लगभग एक हज़ार साल पहले आर्यभट्ट ने अपनी किताब *आर्य भट्टीयम* में लिखा था कि पृथ्वी, खगोलीय ग्रह है और यह अपनी धुरी पर सूर्य के चारों ओर घूमती है। आर्यभट्ट ने

सूर्य एवं चंद्र-ग्रहण के भी वैज्ञानिक स्पष्टीकरण दिए। आर्यभट्ट ने यह सुझाव भी दिया कि गणित के अंकन को प्रतीकों-चिह्नों के बजाय अज्ञात संख्या को दर्शाने के लिए अक्षरों का इस्तेमाल किया जाना चाहिए। भारतीय मैथमेटिकल ऐंड साइंटिफ़िक सोसायटी, आर्यभट्ट के इस योगदान की इतनी ऋणी थी कि शायद इसीलिए इंडियन स्पेस रिसर्च ऑर्गेनाइजेशन (इसरो) ने अपने पहले उपग्रह का नाम आर्यभट्ट के नाम पर रखा, जिसे सोवियत संघ ने 19 अप्रैल 1975 को अंतरिक्ष में भेजा था।

लगभग 590 ई. में ब्रह्मगुप्त नाम का गणितज्ञ, आर्यभट्ट की खगोलशास्त्रीय विचारधारा के विद्यार्थियों में से एक था। उसने गणित में शून्य को लेकर गणना के नियमों में सुधार किया। उसने जटिल प्रश्न में आने वाली अनेक अज्ञात चीज़ों के लिए संक्षेपाक्षर बनाए। इसके अलावा उसने वर्गमूल और घनमूल के लिए संक्षेपाक्षर तैयार किए। ब्रह्मगुप्त के इस योगदान के चलते अरब के लोगों ने रेखीय द्विघात और अनिश्चित समीकरण का समाधान खोजने का तरीक़ा निकाला। ब्रह्मगुप्त ने त्रिकोणमिति सारणी और ज्यामिति के सिद्धांतों की मदद से पृथ्वी की परिधि का हिसाब लगाया जो 36,000 किलोमीटर निकली। फिर उसने यह निष्कर्ष निकाला कि सूर्य की तुलना में चंद्रमा से पृथ्वी की दूरी कम है। *ब्रह्म-सिद्धांत* जैसी कृतियों से प्रतीत होता है कि अरब के देशों में भारतीय गणित प्रणाली के विषय में मिली जानकारी को बाद में विकसित किया गया और फिर उसी का नाम एलजेब्रा पड़ा।

विकास और प्रगति की इस प्रक्रिया में पीढ़ी-दर-पीढ़ी, गणित का ज्ञान परिष्कृत और अगली पीढ़ी तक हस्तांतरित होता गया। वराहमिहिर, आर्यभट्ट, भास्कराचार्य और ब्रह्मपुत्र के वंश में ही महावीराचार्य हुए। वह जैन संन्यासी थे, लेकिन गणित के भी ज्ञाता थे। आर्यभट्ट और ब्रह्मगुप्त के बनाए सिद्धांतों को महावीराचार्य ने सरल ढंग से प्रस्तुत किया। लघुतम समापवर्त्य (एलसीएम) निकालने का तरीक़ा महावीराचार्य ने खोजा था। उन्होंने अपनी किताब *गणित-सार-संग्रह* में वर्ग मूल के फ़ॉर्मूला के अलावा एलसीएम का तरीक़ा, जॉन नेपियर से बहुत पहले बता दिया था।

आज की पीढ़ी को आभारी होना चाहिए कि उन्हें प्राचीन गणित और खगोलशास्त्री विद्वानों के योगदान का आज बहुत लाभ मिल रहा है। इसमें कोई संदेह नहीं कि सभी अपने से पहले की पीढ़ियों में हुए वैज्ञानिकों और विद्वानों से प्रेरणा पाते हैं। ऋग्वेद के रचयिताओं में से एक वैदिक ऋषि

याज्ञवल्क्य ने, जो 9वीं शताब्दी ई.पू. से भी पहले हुए, अपनी रचना *शतपथ ब्राह्मण* में बताया कि पृथ्वी गोल है। सूर्य-केंद्रित सिद्धांत का प्रतिपादन करते हुए याज्ञवल्क्य ने लिखा :

> *'सूर्य ने पृथ्वी, दूसरे ग्रहों के साथ वातावरण को एक सूत्र से बाँध रखा है।'*

शतपथ ब्राह्मण 8.7.3.10

ऐतरेय ब्राह्मण 2.7 नाम का वैदिक ग्रंथ कहता है, 'सूर्य ना उदय होता है, ना अस्त। केवल ऐसा प्रतीत होता है कि वह अस्त हो रहा है और इस तरह शाम ढलने के बाद दिन निकलता है। फिर दोबारा ऐसा लगता है कि वह उदय हो रहा है। वास्तव में, सूर्य कभी अस्त नहीं होता।'

याज्ञवल्क्य में सूर्य और चंद्रमा की गति में सामंजस्य स्थापित करने के लिए 95 वर्ष का एक चक्र निर्धारित किया गया। ऋग्वेद में वर्णित खगोलशास्त्र का नियम, ग्रहण की गणना को विस्तार से समझाता है। प्राचीन भारत में विज्ञान और अध्यात्म में अंतर नहीं था और सभी वैज्ञानिक, ऋषि और तपस्वी थे। उन्होंने अनेक महत्त्वपूर्ण प्रश्न उठाए। वे उत्पत्ति से जुड़े प्रश्न थे। जैसे मैं कौन हूँ? मैं कहाँ से आया हूँ? पृथ्वी पर मनुष्य जीवन का असली उद्देश्य क्या है? इसी तरह के अनेक प्रश्नों के कारण विज्ञान की खोज और आविष्कार संभव हो पाए।

हिन्दु धर्म में विज्ञान, आरंभ से, धर्म और अध्यात्म का हिस्सा रहा है। उदाहरण के लिए शुभ मुहूर्त का पता करने के लिए ग्रहों की चाल और अन्य खगोलीय गतिविधियों के नियमों के बारे में पता होना ज़रूरी है। यज्ञ-वेदी प्रज्ज्वलित करने के लिए वेदी का नियत आकार और माप होता है। इसके लिए ज्यामिति की जानकारी आवश्यक है। यज्ञ में आहुति दी जाने वाली जड़ी-बूटियों के बारे में जानने के लिए पेड़-पौधों और उनके औषधीय प्रयोगों के विषय में पता होना चाहिए। इसलिए प्राचीन भारत में ऋषि और वैज्ञानिक के बीच में भेद नहीं किया जाता था। वैज्ञानिकों को ही ऋषि या महर्षि कहते थे। यदि चिकित्सा के क्षेत्र में प्रगति नहीं होती तो हम अपने को विकसित नहीं कह सकते थे। आज चिकित्सा-विज्ञान की सहायता से हम जीवन को हज़ारों वर्षों तक सुरक्षित रखने का प्रयास कर रहे हैं। लेकिन क्या हम जानते

हैं कि आधुनिक विज्ञान, आज से ढाई हज़ार वर्ष पुराने भारत में विकसित हुई प्रणालियों और तकनीकों का ही इस्तेमाल कर रहा है?

विज्ञान के क्षेत्र में भारत के अनेक योगदान हैं। इनमें सबसे प्रचलित आयुर्वेद है। आयुर्वेद को जीवन का ज्ञान भी कहा जाता है। यह हमें अथर्ववेद से प्राप्त हुआ है। आयुर्वेद की आठ शाखाओं में से शल्य-चिकित्सा, शरीर के अवांछनीय तत्वों को निकालने की प्रक्रिया का नाम है। भारत में शल्य-चिकित्सा की सबसे बेहतरीन रचना *सुश्रुत संहिता* है। इसे लगभग 800 ई. पू. में लिखा गया। यह काशी नरेश देवदास (जिन्हें भगवान धन्वंतरि का अवतार माना जाता है) के पौत्र विश्वामित्र के पुत्र सुश्रुत ने लिखी थी, सुश्रुत को शल्य-चिकित्सा का प्रणेता भी कहते हैं। उन्होंने अपने पितामह से आयुर्वेद के मूल सिद्धांत सीखे और फिर शल्य-चिकित्सा के लिए वैदिक चिकित्सीय प्रणाली की आधारशिला रखी। उन्होंने संस्कृत में इसकी पांडुलिपि तैयार की जो आयुर्वेदिक चिकित्सा पर आधारित थी। इसमें उन्होंने आठ तरह के शल्य-चिकित्सा संबंधी आविष्कारों का उल्लेख किया है : भेदन, छेदन, व्याधन, लेखन, ईषण, आहरण, विश्रवण और सीवन। इनके अलावा सुश्रुत ने शल्य चिकित्सा के लिए उपकरणों के रोगाणुनाशन के सही तरीक़े भी बताए हैं क्योंकि वह औज़ार दाँत, सींग, लकड़ी और हड्डियों के बने होते थे। उन्होंने ऐसे 120 उपकरणों का उल्लेख किया है, जिनमें से कई आज भी शल्य-चिकित्सा में प्रयोग किए जाते हैं। इसके अलावा सुश्रुत ने सर्पी कलम, घूर्णन कलम और डंठल कलम समेत कई पद्धतियों का उल्लेख किया है। सुश्रुत ने बताया किस तरह नाक कट जाने के बाद उसे गाल की त्वचा का टुकड़ा लेकर दोबारा निर्मित किया जा सकता है। इसे आधुनिक विज्ञान राइनोप्लास्टी कहता है। इस पद्धति को आज भी अनेक चिकित्सक प्रयोग में लाते हैं। *सुश्रुत संहिता* और अथर्ववेद में कुल मिलाकर 700 से अधिक जड़ी-बूटियों और औषधियों का उल्लेख है, जिनके स्वाद, बनावट, पाचन-तंत्र पर प्रभाव, कार्यकुशलता, मात्रा और लाभ आदि के बारे में विस्तार से बताया गया है।

हारून रशीद के दरबार में 766 ई. में एक भारतीय चिकित्सक था, जिसका नाम मानक था। उसने *सुश्रुत संहिता* का फ़ारसी भाषा में अनुवाद किया। फिर इस रचना को आठवीं शताब्दी में बगदाद के बर्मकिद परिवार ने अरबी भाषा में अनुवाद किया। कहते हैं, बगदाद में यह अनुवाद ख़लीफ़ा को मिले सबसे महत्त्वपूर्ण दस्तावेज़ों में से एक है। *सुश्रुत संहिता* के अरबी

अनुवाद को किताब *शाह सुन अल-हिंदी* और *किताब-ए-सुश्रुत* कहा जाता है। फिर यह मध्यकाल के अंत तक यूरोप जा पहुँची। पुनर्जागरणकाल की शुरुआत में मूल लेखक को श्रेय दिए बिना इसका लैटिन भाषा में अनुवाद कर दिया गया।

चिकित्सा क्षेत्र में महर्षि चरक का भी नाम बहुत महत्त्वपूर्ण है। चरक *चरक संहिता* के रचयिता थे, जिसे आयुर्वेद की अनमोल रचना माना जाता है। इस संहिता में शरीर के प्रत्येक अंग का इलाज करने की विधि बताई गई है और बीमारियों को ठीक करने के प्राकृतिक तरीक़ों और सभी तरह की औषधियों का भी उल्लेख है। *चरक संहिता* में शरीर की संरचना का वर्णन है। चरक ने दावा किया कि हृदय, पूरे शरीर के साथ 13 धमनियों की मदद से जुड़ा हुआ है और उन्हें नियंत्रित करने का काम करता है। इन मुख्य धमनियों में रुकावट आने से शरीर में विकार या बीमारी उत्पन्न हो सकती है। चरक, अग्निवेश विचारधारा के अनुयायी थे। उन्होंने जीवन-भर *अग्निवेश संहिता* में सुधार किया और उसे सरल बनाने की कोशिश की। आयुर्वेद चिकित्सक होने के अलावा चरक, आयुर्वेद के गुरु भी थे। उनकी लोकप्रियता इतनी अधिक थी कि कुश राजवंश के राजा कनिष्क ने उन्हें अपना राजवैद्य नियुक्त कर लिया था। चरक को भारतीय चिकित्सा का जनक भी कहा जाता है। उन्होंने भारत में स्वस्थ जीवन-शैली के क्षेत्र में महत्त्वपूर्ण कार्य किया। हिपोक्रेटस से शताब्दियों पहले चरक ने चिकित्सकों के लिए नैतिकता के मापदंड और नियम बना दिए थे, जिनमें भारतीय तत्व मौजूद थे। इनमें ब्रह्मचर्य, मांसाहार का निषेध और हथियार साथ ना रखने को बड़ी आवश्यकता माना जाता था। इसमें लिया जाने वाला वचन, प्राचीन भारत में व्यवसायिक नैतिकता के उच्च स्तर को दर्शाता है। भारत के अन्य महत्त्वपूर्ण कार्यों में चरक का योगदान यूरोप में भी विख्यात हुआ। इसके अरबी भाषा में अनुवाद हुए और बाद में मूल स्रोत को भुला दिया गया।

इन दो महत्त्वपूर्ण व्यक्तियों के अतिरिक्त भारत में अनेक आयुर्वेदाचार्य हुए हैं जैसे पतंजलि, अग्निवेश, देवदास, पराशर, अक्षर और वाग्भट। उनके ज्ञान की निधि केवल बुद्धिमान लोगों तक सीमित नहीं थी, बल्कि इस ज्ञान को देश के सभी हिस्सों तक पहुँचाने की परंपरा थी। इसके पीछे प्रमुख उद्देश्य मानव कल्याण था। चिकित्सा के इन योजनाबद्ध एवं उन्नत पद्धतियों का लाभ केवल भारतीय ही नहीं, बल्कि विदेशी भी उठाते थे। नालंदा, तक्षशिला,

वलभी, पुष्पगिरी और सोमपुरा जैसे बड़े विश्वविद्यालयों समेत अनेक आश्रमों में भी इसकी औपचारिक शिक्षा दी जाती थी।

शून्य की खोज, भौतिकी के क्षेत्र में भी भारत का महत्त्वपूर्ण योगदान माना जाता है। वेदों में न्याय, वैशेषिक, योग और सांख्य जैसे अनेक दर्शन मौजूद हैं। तर्कसंगत दृष्टिकोण के चलते न्याय और वैशेषिक मिलकर एक हो गए। भौतिकी के नियमों की खोज करने वाले ऋषि ब्रह्मांड की उत्पत्ति और इसके आध्यात्मिक पक्ष को जानने का प्रयास कर रहे थे। उनका उद्देश्य इसके पीछे के वैज्ञानिक सिद्धांतों की खोज करना नहीं था। इसलिए उनकी विचारधारा, भौतिक तथ्यों के अलावा दर्शन के साथ जुड़ी हुई थी। न्याय वैशेषिक सूत्र के जनक के रूप में ऋषि कणाद का नाम प्रमुखता से लिया जाता है। यह सूत्र, वैदिक सूत्रों से निकला है और स्थान, समय, यांत्रिकी और ब्रह्मांड के तत्व पर शोध संबंधी सिद्धांतों के बारे में बताता है। मुख्य रूप से इस सिद्धांत का कहना है कि प्रत्येक वस्तु परमाणु से बनी है, जो आपस में जुड़कर अणु का निर्माण करते हैं। इन ग्रंथों में भौतिक स्तर पर नौ तत्वों का उल्लेख किया गया है :

पृथिव्यापस्तेजोवायुराकाशं कालोदिगात्मा मन इति द्रव्याणि ।

परमाणु की चार श्रेणियाँ (पृथ्वी, जल, प्रकाश और वायु), आकाश, काल, दिशा, आत्मा और मन हैं। पहले पाँच तत्वों को भूत तत्व कहा जाता है जिन्हें बाहरी इंद्रियों के द्वारा महसूस किया जा सकता है। काल, दिशा, आत्मा और मन को गुण कहते हैं, क्योंकि इनका अलग से अस्तित्व नहीं है, लेकिन ये तत्वों में शामिल हैं।

न्याय वैशेषिक में ऋषि कणाद ने बल, आवेग गुरुत्त्वाकर्षण के बारे में सर आइजक न्यूटन से भी हज़ारों वर्ष पहले बता दिया था।

नित्यंपरिमण्डलम्। एतेनदीर्घत्वह्रस्वत्वेव्याख्याते ।

घटक अणुओं के संगुटीकरण के चलते ठोस पदार्थ, जगह घेरते हैं और उनका आकार होता है।

– V.5 4.1.8

वेगः निमित्त विशेषात कर्मणे जायते।

पदार्थ के अणु में बल के अभाव में कोई परिवर्तन नहीं होता।

– V.5 1.1.6

वेगः निमित्ता पेक्षात कर्मणो जायते नियतदिक क्रिया प्रबन्ध हेतु।

गति में बदलाव, लगाए गए निमित्त बल के अनुपात में और बल की रेखा की दिशा में होता है।

– V.5 1.1.6

वेगः संयोग विशेष विरोधी।

क्रिया और प्रतिक्रिया बराबर और विपरीत होते हैं।

– V.5 1.1.13

ऋषि कणाद ने तापमान में बदलाव के कारण पदार्थों में आने वाले रासायनिक परिवर्तन के बारे में भी बताया। उदाहरण के लिए, फल का पकना, मिट्टी के घड़े का काला हो जाना, आदि। इसी विचारधारा के एक और मुख्य प्रतिपादक ऋषि गौतम थे जिन्होंने इसे ठोस आधार प्रदान किया। फिर इस पर ऋषि कणाद ने पूरा ढाँचा बनाकर तैयार किया था।

ऋषियों की यह लंबी सूची, जिनके पास असाधारण वैज्ञानिक समझ और उत्कंठा-भरी प्रवृत्ति थी, भारत की बौद्धिक विरासत की परिचायक है। भारत की भूमि पर इतिहास के अवशेष इस बात के प्रमाण हैं कि यहाँ शिक्षा और ज्ञान का समर्थन करने के लिए एक सुदृढ़ और परिपक्व वातावरण उपलब्ध था। ये ऋषि-मुनि उस वातावरण की माँग के चलते आए, जिसमें जीवन को शिक्षा और ज्ञान के प्रति समर्पित करने की आवश्यकता थी। साथ ही तपस्वी जीवन भी एक अनिवार्य शर्त थी। समाज के धनाढ्य और शासक वर्ग के कंधों पर यह ज़िम्मेदारी थी कि वह ज्ञान की खोज में निकले इन लोगों का जीवन-भर सहयोग करता। इनमें कुछ लोगों को पहचान मिली और उपलब्धियों का श्रेय भी मिला। लेकिन किसी भी काम को केवल एक व्यक्ति

का योगदान नहीं कहा जा सकता। आइजक न्यूटन ने कहा था, "यदि मैं आगे का दृश्य देख पाया हूँ तो वह सिर्फ़ इसलिए कि मैंने उसे दूसरे लोगों के कंधे पर खड़े होकर देखा है!" अल्बर्ट आइंस्टाइन जैसे वैज्ञानिकों के आलेखों में भी यह अभिव्यक्ति मिलती है। अल्बर्ट आइंस्टाइन के अनुसार किसी पुरानी और महत्त्वपूर्ण खोज पर ही कोई नई और बड़ी खोज आधारित होती है।

सर जॉन वुड्रॉफ़ ने अपनी किताब *ट्रिब्यूट टु हिंदुइज्म* में लिखा है कि भारत के लोग परमाणुवाद, क्वॉन्टम भौतिकी और अन्य आधुनिक सिद्धांतों के बहुत निकट पहुँच गए थे। पाइथागोरस से 2000 साल पहले उत्तर भारत के दार्शनिकों ने यह जान लिया था कि गुरुत्वाकर्षण की शक्ति ही सौरमंडल को बाँधे रखती है और इसीलिए सूर्य जैसे विशाल खगोलीय वस्तु को इस सौरमंडल के केंद्र में रहना ज़रूरी है। आइजक न्यूटन से लगभग 24 शताब्दी पूर्व, ऋग्वेद ने बता दिया था कि यह ब्रह्मांड गुरुत्वाकर्षण से परस्पर बँधा हुआ है। संस्कृत-भाषी आर्यों ने पृथ्वी के गोल होने के विषय में उस समय बता दिया था जब यूनान के लोग कहते थे कि धरती चपटी है। '5वीं शताब्दी ई. में ही भारतीयों ने अनुमान लगा लिया था कि पृथ्वी की आयु 4.3 बिलियन वर्ष है। 19वीं शताब्दी में इंग्लैंड के वैज्ञानिक आश्वस्त थे कि पृथ्वी 100 मिलियन साल पुरानी है।'

इस चर्चा का उद्देश्य आधुनिक खोज या वैज्ञानिकों के महत्त्व को कम करना नहीं, बल्कि उन लोगों के प्रति कृतज्ञता और आभार व्यक्त करना है जिन्हें किसी पूर्वाग्रह या पक्षपात के कारण कभी इस कार्य का श्रेय नहीं मिल सका।

8

'भाग्य साहसी का साथ देता है'

इस अध्याय का शीर्षक उस युवक का उद्धरण है, जिसके मन में संसार को जीतने की कामना थी, जिसने अपने पहले हुए महान लोगों से अधिक यश प्राप्त करने की इच्छा व्यक्त की, जो हरक्यूलिस और अकिलीज से बड़ा बनना चाहता था, जिनकी बहादुरी की कहानियाँ सुनकर वह बड़ा हुआ था।

एक दिन वह युवक एक बैलगाड़ी के सामने खड़ा था, जिसके बारे में लोग कहते थे कि वह स्वर्ग से आई थी। उसमें एक विशेष तरह की गाँठ लगी थी। कहानी यह है कि जिसने वह गाँठ खोल दी, वह पूरे एशिया पर शासन करेगा।

हज़ारों लोग यह जानने को उत्सुक थे कि क्या वह युवक चमत्कार करने वाला है। उसकी सेना सहित हर व्यक्ति सोच रहा था कि अगर उसने गाँठ नहीं खोली तो गौगामेला के महान युद्ध में निश्चित रूप से उसकी हार होगी।

इस बात का महत्त्व समझते हुए युवक ने तलवार निकाली। उसने तीन बार प्रहार किया और गाँठ खुल गई।

इससे पहले कि लोग कोई सवाल कर पाते, युवक ने घोषणा कर दी, "ख़बर भेज दो कि एशिया को नया शासक मिल गया है!"

वह युवक कोई और नहीं, बल्कि सिकंदर था। उसकी महानता यह थी कि उसने जिस ज़मीन पर पैर रखा, उसका स्वरूप बदल दिया। सिकंदर

की इसी प्रभुता और महानता ने तक्षशिला के एक शिक्षक को इतना परेशान कर दिया कि वह भारत की सुरक्षा के विषय में चिंता करने लगा। सिकंदर के कारण वह शिक्षक, विष्णुगुप्त या चाणक्य के नाम से विख्यात हुआ। उसने एक साधारण आदमी को चुना और नंद वंश के क्रूर और अज्ञानी राजा महानंद कि जगह पदस्थ कर दिया, जो सदा अपने उत्तरदायित्व की उपेक्षा करता था।

बहुत-से इतिहासकार भारत की ओर बढ़ते सिकंदर के क़दम को भारतीय इतिहास के दस्तावेज़ का मुख्य श्रेय देते हैं। इसी के जरिए पश्चिमी इतिहासकारों और मेगास्थनीज जैसे यात्रियों को भारत के विषय में पता लगा और उन्होंने भारत का इतिहास उस रूप में लिखना शुरू किया, जिस रूप में वह हमें आज दिखाई पड़ता है। लेकिन यह मत उन्हीं लोगों तक सीमित है जो दुनिया को पश्चिमी दृष्टिकोण से देखते हैं। दरअसल, वह भारत का शानदार गौरव था, जिसने सिकंदर के मन में यहाँ शासन करने की इच्छा पैदा की। पर्शिया के साम्राज्य की समृद्धि में भी भारतीय व्यापारियों से लिए गए कर का बड़ा योगदान था। यूरोप के लिए भारत से व्यापार करना बहुत महत्त्वपूर्ण था। 2000 साल पहले रोम के साम्राज्य को मिलने वाली समूची आय का एक तिहाई हिस्सा भारत से आने वाली वस्तु पर लगाए कर से आता था।

यूरोप की नज़र में भारत का बहुत महत्त्व था, क्योंकि भारत ऐसी अनेक वस्तुओं का स्रोत था, जिसकी यूरोप को ज़रूरत थी। यहाँ के मिर्च-मसालों से यूरोप के भोजन में स्वाद आता था। भारत से जाने वाले सूती कपड़े, अनमोल रत्न, मोती, आभूषण, औषधीय पौधे और दवाइयाँ आदि भी काम आते थे। होरिया पिपरातारिया, प्राचीन रोम की सबसे बड़ी इमारतों में से एक थी। वहाँ रोम के निवासी, अरब और भारत से आए उत्पाद ख़रीदते थे। इस जगह का नाम भी भारत से जाने वाली मिर्च यानी 'पेपर' के नाम पर रखा गया था।

परंतु यह अध्याय सिकंदर के बारे में नहीं है। यह भारतीय इतिहास के उस संक्षिप्त दौर के बारे में है, जिसमें अतीत और भविष्य का सार छिपा है। इस काल-खंड में हमें बुद्ध, महावीर, चाणक्य, एक शक्तिशाली विदेशी हमलावर, एक राजा जो अचानक कहीं से आ गया था, कूटनीति (जो आज भी भारत की विदेश नीति का मार्गदर्शन करती है), वे राजा जो सिंहासन

त्यागकर भिक्षु बन गए और राजनीतिक एवं आध्यात्मिक पुनर्जागरण की कथाएँ मिलती हैं, जिन्होंने इस देश को सदा के लिए बदल दिया। यह कहानी बताती है कि भारतीय समाज में शिक्षक महत्त्वपूर्ण क्यों होता है। यह एक विद्वान की क्षमता के बारे में भी बताती है कि साहस के बल पर सड़क पर घूमने वाला एक आम आदमी भी कैसे अपने समय के सबसे शक्तिशाली साम्राज्य के राज सिंहासन पर बैठ सकता है।

चाणक्य, सिकंदर और चंद्रगुप्त से कुछ दशक पहले कुछ और भी था जो महत्त्वपूर्ण था, जिसने दुनिया के चेहरे को बदलकर रख दिया। वह था - बौद्ध धर्म का जन्म। बौद्ध धर्म ने भारत में रहने वाले लोगों को पूरी तरह परिवर्तित कर दिया। देश में राजनीतिक उथल-पुथल हो रही थी। इसी के साथ धार्मिक पुनर्गठन का काम भी चल रहा था। इस पुस्तक का यही मुख्य विचार है कि भारत की भूमि पर विभिन्न अवतारों ने सनातन धर्म की रक्षा के लिए जन्म लिया। लेकिन कोई विचार अंतिम नहीं होता, कोई संदेश, कोई अवतार अंतिम नहीं होता। विकास, सतत प्रक्रिया है। आज के युग में समाज इतने नियमों में उलझ हुआ है कि वह धर्म के सिद्धांत को ही भूल चुका है। वेदों का उद्देश्य लोगों को सामाजिक, आध्यात्मिक और भावनात्मक कल्याण की ओर प्रेरित करना था, लेकिन लोग इससे अब डरने लगे हैं। इसका कारण कुछ ऐसे स्वघोषित प्राधिकारी हैं, जो ईश्वर और जनता के बीच में खड़े हैं।

यही समय था जब सिद्धार्थ का आगमन हुआ। बाद में उन्हें गौतम बुद्ध नाम मिला। वह जन्म से राजकुमार थे, जिन्होंने अपने पिता के दिए हर प्रलोभन से ऊपर उठकर तपस्वी का जीवन अपनाया। उन्होंने समाज के हर उस नियम को तोड़ दिया, जो इस मिथ्या जगत और ईश्वर के बीच बाधा बनकर खड़ा था। यह काम बुद्ध ने बड़ी हिम्मत से किया। बुद्ध ने सिखाया कि अगर तुम ज्ञान प्राप्त करना चाहते हो, तो तुम्हें किसी की सहायता की ज़रूरत नहीं है। किसी पंडित या अनुष्ठान अथवा वेदों के ज्ञान की आवश्यकता नहीं है। उन्होंने उस व्यवस्था को भी चुनौती दी, जो समाज को वैदिक शिक्षा से दूर रखे हुए थी। बुद्ध के उपदेशों ने समाज को आत्मविश्वास दिया। उनकी व्यवहारिकता और ज्ञान ने झूठे ब्राह्मणवाद की नींव हिला दी। इसीलिए उन्हें नाम मिला 'बुद्ध' यानी जो ज्ञानवान हो। भारत की उन्नति का बड़ा श्रेय बुद्ध को जाता है। बाद में उन्हें भगवान विष्णु का अवतार मान

लिया गया। ऐसा करने वालों में वे कट्टर हिंदू पंडित भी शामिल थे, जिनकी सत्ता को स्वयं बुद्ध ने पलट दिया था।

भारत में बुद्ध के प्रभाव को समझने के लिए हमें कुछ शताब्दी आगे तक जाना होगा, जहाँ इस धरती पर शासन करने वाले वाला हर राजा, प्रशासनिक दृष्टिकोण से बौद्ध-धर्म का अनुयायी था। इसका सबसे बड़ा उदाहरण राजा अशोक का है। वह संसार के सर्वश्रेष्ठ और सर्वशक्तिशाली राजाओं में से एक था। अशोक के प्रशासन ने भारतीय नेताओं का ऐसे समय में मार्गदर्शन किया, जब भारत दो शताब्दियों के विदेशी शासन के बाद मुक्त हुआ था। जवाहरलाल नेहरू का अशोक के प्रति झुकाव उनकी रचना *'भारत की खोज'* में साफ़ नज़र आता है। उन्होंने भारत को उच्च नैतिक मूल्य दिए और पिता की तरह देश को चलाया। उन्होंने कहा कि संपूर्ण प्रजा, बच्चों के समान है। यही हमें कलिंग के अभिलेखों में देखने को मिलता है। अशोक के शासनकाल में भी व्यक्ति को पूरी आज़ादी के साथ सहिष्णुता और समानता का भी अधिकार प्राप्त था।

कहते हैं, अशोक ने 269 ई.पू. से 232 ई.पू. में अपनी मृत्यु होने तक शासन किया। भारत के अधिकांश भूभाग पर लगभग 50 साल शासन करने के उपरांत अशोक के जीवन से जुड़े अत्यंत प्रामाणिक रिकॉर्ड, बौद्ध साहित्य, अशोक के अभिलेख तथा 'अशोकवर्धन' नाम के प्रमुख ग्रंथ में मिलते हैं। इसमें अशोक के जन्म और उसके शासनकाल के बारे में विस्तार से बताया गया है, लेकिन अब भी बहुत कुछ जानना-समझना और जानना बाक़ी है। अशोक ने चाणक्य से प्रभावित राज्य-शैली को अपने पिता बिंदुसार से विरासत में प्राप्त किया था और उसकी पूरी व्यवस्था अर्थशास्त्र के सिद्धांतों पर आधारित थी। मौर्य शासनकाल में सारा ध्यान, राजा और मंत्रियों के आचरण पर रहता था। चाणक्य की विचारधारा के अनुसार सरकार के नैतिक मूल्य उच्च होने चाहिए तभी वह भ्रष्टाचार से मुक्त रह सकती है। इसके विपरीत अशोक के शासन में नागरिकों का आचरण सर्वोपरि माना जाता था। उसके प्रत्येक शिलालेख में आम लोगों को नैतिक जीवन जीने के लिए प्रेरित किया गया है। यह भारत के संविधान के मौलिक कर्तव्यों से भी मेल खाता है।

कई विद्वान, अशोक और चाणक्य के गुणों और अवगुणों के संदर्भ में उनकी शासन प्रणाली की तुलना करते हैं। लेकिन इस तरह स्पष्ट तौर

पर दो अलग-अलग शासन व्यवस्थाओं की तुलना करना उचित नहीं है। वैसे भी यह इस पुस्तक की मूल विचारधारा के विरुद्ध है, क्योंकि हमारा मानना है कि सत्य किसी सिरे पर नहीं, बल्कि सिरों के बीच में कहीं स्थित होता है और यह कि कोई बात पूरी तरह सही या ग़लत नहीं होती। दोनों शासन-प्रणालियों की निंदा और प्रशंसा करने वाले मौजूद हैं। लेकिन यह ध्यान में रखने योग्य बात है कि दोनों के शासनकाल में असाधारण और बेहतरीन काम हुए हैं। मेगास्थनीज की किताब *इंडिका* के कुछ अवशेष चाणक्य के शासन की झलक देते हैं, जहाँ राजा सत्ता का मुख्य केंद्र लगता है लेकिन कुछ स्तरों पर शक्तियाँ विकेंद्रीकृत हो जाती हैं। उस व्यवस्था को कुछ इस ढंग से लागू किया गया था कि राजा के पास मनमानी करने की सुविधा नहीं थी। राजा से ज़्यादा मंत्रियों की भूमिका निर्णायक होती थी, जबकि अशोक के शासनकाल में निर्णय लेने का मुख्य अधिकार राजा के पास था। फिर भी लोगों को आज़ादी का अधिकार था। अशोक ना केवल एक शानदार जनसंपर्कवादी राजा था, बल्कि उसके पास लोगों की आम राय जानने के बहुत-से अचूक और नायाब तरीक़े भी थे। वह पूरे राज्य से जानकारी एकत्रित कर लेता था; इसलिए उसे निर्णय लेने में मदद मिलती थी। अशोक ने एक नई क़िस्म की राजनीतिक संस्कृति का निर्माण किया जहाँ राजा तक पहुँचना बहुत आसान था। कोई भी व्यक्ति राजा के समक्ष जाकर अपनी बात कह सकता था। अशोक, उदार कूटनीति का प्रणेता माना जाता है। उसने अपनी प्रजा के अलावा अपने पड़ोसी राज्यों के भी दिल जीत लिए थे। यही कारण था कि उसकी कूटनीति, शांति और सह-अस्तित्व के पंचशील सिद्धांतों के रूप में नए और आज़ाद भारत का आदर्श कूटनीतिक मॉडल साबित हुई। भारत की कूटनीति और प्रशासन व्यवस्था मुख्य रूप से अशोक के धर्म-निरपेक्षता के सिद्धांत पर आधारित है।

चाणक्य और अशोक की शासन प्रणाली में मूल अंतर यह था कि अशोक के राज्य में ज़्यादा बातें लोगों के बारे में होती थी। उनकी भावनात्मक और आध्यात्मिक कल्याण की चर्चा चलती थी। चाणक्य के समय में राज्य की विचारधारा मूल रूप से अनुशासन, सरकार की नीतियों और राजा एवं उच्चाधिकारियों के आचरण पर केंद्रित थी। अर्थशास्त्र के रूप में प्रचलित चाणक्य की राजनीतिक विचारधारा का सार, क़ानून, कारागृह, कर-व्यवस्था, कृषि, सिंचाई, खनन, किलेबंदी, मुद्रा, निर्माण, व्यापार, प्रशासन, कूटनीति

और जासूसी-तंत्र पर अधिक बल देता है। चाणक्य की नीतियाँ बहुत व्यापारिक और भावरहित हैं। वह खुलकर राजपरिवार के सदस्यों की हत्या, मंत्रियों की जासूसी के विषय में बात करता है। वह बताता है कब संधियों का उल्लंघन करना चाहिए और उसने ऐसी कई बातों पर चर्चा की है, जिन्हें लोग अनैतिक मानते हैं। इसके विपरीत अशोक का मार्ग अहिंसा का मार्ग है। उसमें गर्भस्थ पशुओं की हत्या का विरोध किया गया है और साल के कुछ महीनों में शुद्ध शाकाहार पर ज़ोर दिया जाता है। अशोक चाहता था कि उसकी प्रजा के लोग जैन संन्यासियों, बौद्ध भिक्षुओं और हिंदू ब्राह्मणों का समान रूप से आदर करें ताकि उसके राज्य में सही मायनों में धर्मनिरपेक्षता स्थापित हो सके।

अशोक ने बौद्ध धर्म अपनाने के बाद सादा और अनुशासित जीवन बिताया। लेकिन चाणक्य के विषय में कहना होगा कि उसने बहुत विस्तार से राजा की दिनचर्या का उल्लेख किया है। चाणक्य के अनुसार राजा की गतिविधियाँ और उसके दायित्व का निम्नलिखित रूप होना चाहिए :

- सूर्योदय से 90 मिनट पहले राजा को विभिन्न रिपोर्ट (राजस्व, सैन्य आदि) पढ़नी चाहिए।
- अगले 90 मिनट तक लोगों की बात सुननी चाहिए।
- उसके बाद के 90 मिनट का समय नाश्ते-पानी और निजी गतिविधियों के लिए होना चाहिए।
- अगले 90 मिनट मंत्रियों के साथ बैठक करनी चाहिए।
- फिर 90 मिनट केवल पत्राचार के लिए रखने चाहिए।
- उसके बाद के 90 मिनट में राजा को भोजन आदि करना चाहिए।

इस तरह चाणक्य ने राजा के लिए अत्यंत व्यस्त दिनचर्या निर्धारित की है जिसमें सोने के लिए केवल चाढ़े चार घंटे का समय दिया है। शेष समय में राजा राज्य की गतिविधियों में व्यस्त रहता है। दोनों तरह के उदाहरणों में राजा में निःस्वार्थ भावना दिखाई पड़ती है। इसी पर सबसे ज़्यादा बल दिया गया है। भारतीय इतिहास में यदि किसी राजा को अपना नाम दर्ज करना है तो उसे आध्यात्मिक होना आवश्यक है। भारत में राज-ऋषियों की एक लंबी परंपरा रही है। हमारे यहाँ तपस्वी राजा के अलावा ऐसे राजा

भी हैं जिनके पास चाणक्य जैसे तपस्वी मंत्री थे। हमारे पास दोनों तरह के उदाहरण मौजूद हैं।

इस अध्याय के आरंभ में बताया गया था कि इतिहास का यह कालखंड इसलिए महत्त्वपूर्ण नहीं है कि यह शेष इतिहास से अलग है, बल्कि इसलिए महत्त्वपूर्ण है कि यह समय भारत के इतिहास के हज़ारों वर्षों को बहुत अच्छे ढंग से दर्शाता है। यही कारण है कि हमारे यहाँ तपस्वियों जैसे शासक भी हुए हैं और ऐसे राजा भी हुए, जिनके पास तपस्वी के रूप में राजनीतिक परामर्शदाता थे। भारत के इतिहास में लगभग सभी बड़े और महान राजा, इन दो में से किसी एक श्रेणी में आते थे। इसका सबसे अच्छा उदाहरण रामायण में राजा जनक के रूप में मिलता है। जनक को विदेह भी कहा जाता है, क्योंकि उनकी देह (शरीर) में आसक्ति नहीं थी। दूसरी ओर, राजा दशरथ का उदाहरण है जिनके पास महर्षि वशिष्ठ जैसे कुल पुरोहित थे, जो उन्हें प्रशासन के महत्त्वपूर्ण मामलों पर राय देते थे। जनक की प्रशासन-शैली अशोक से मिलती है। इसमें प्रजा के लोगों को नैतिकता के मार्ग पर चलने का परामर्श दिया जाता है और राजा स्वयं भी पवित्र जीवन जीता है। जनक के गुरु अष्टावक्र थे, लेकिन अष्टावक्र ने केवल अध्यात्म से जुड़े व्यक्तिगत मामलों में परामर्श दिया।

दशरथ की शासन-पद्धति में राज्य से संबंधित विषयों पर कुल-पुरोहित से परामर्श किया जाता था। उस समय राज्य का क़ानून सर्वोपरि था। राजा और उसके मंत्री भी नियमों से बँधे थे। रघुवंश के शासनकाल में प्रजा को राजा से ज़्यादा आज़ादी मिलती थी। इसका सर्वश्रेष्ठ उदाहरण श्रीराम द्वारा सीता को दिया वनवास है। राम ने केवल प्रजा की संतुष्टि के लिए अपनी पत्नी सीता का त्याग कर दिया, जिन्हें वह खुद से भी अधिक प्यार करते थे। यह निर्णय राम ने अयोध्या के लोगों द्वारा गुपचुप रूप से हो रही बातों के चलते लिया था। बाद की कहानियों में इस बातचीत का प्रतिनिधित्व एक धोबी ने किया है। यह वही राम हैं, जिन्होंने इंद्र की कामवासना का शिकार हुई अहल्या का उद्धार किया। अहल्या के पति ने भी उसे श्राप दे दिया था। यह वही राम हैं जिन्होंने शबरी नाम की एक बहिष्कृत स्त्री को असीमित सम्मान दिया, वही राम जिन्होंने सुग्रीव की पत्नी तारा की प्रतिष्ठा को फिर से स्थापित करने के लिए लड़ाई लड़ी। राम के मन में स्त्रियों के प्रति आदर का सबसे बड़ा उदाहरण रावण की पत्नी मंदोदरी है। राम ने

हर संभव प्रयास करके सुनिश्चित किया कि मंदोदरी को उसके पति रावण के दुष्कर्म का दंड नहीं मिले। लेकिन वही राम जब खुद राजा बनते हैं तो उनकी अपनी व्यक्तिगत पहचान नहीं रह जाती। वह केवल अपने राज्य के नियम और क़ानून-व्यवस्था का पालन करने वाले प्रतिनिधि के रूप में सामने आते हैं। राम की सबसे बड़ी लड़ाई रावण के ख़िलाफ़ नहीं, बल्कि अपनी असंतुष्ट प्रजा के ख़िलाफ़ थी जिनके संतोष के लिए राम को सीता का त्याग करना पड़ा।

यह कहानी, चाणक्य के सिद्धांतों को दर्शाती है जहाँ राजा की सुविधा, उसके सुख-वैभव, उसकी भावनाएँ प्रजा की भावनाओं से ऊपर नहीं हैं। प्रजा और राज्य के लोगों की भावनाओं को हर क़ीमत पर क़ायम रखना ज़रूरी माना गया है। राम का उदाहरण, चाणक्य के समय में भी दोहराया गया है। चाणक्य ने जब चंद्रगुप्त को सिकंदर के सेनापति सेल्यूकस की बेटी हेलेना से विवाह करने को कहा, उस समय चाणक्य के मन में केवल राज्य की सुरक्षा का विचार था। राम की तरह चंद्रगुप्त ने भी अपने प्रेम को बलिदान किया और राज्य की सुरक्षा के लिए किसी अन्य स्त्री से विवाह करना पड़ा।

बावजूद इसके, अशोक और चाणक्य की प्रशासन-शैली में राजा को निःस्वार्थ और शांत रूप में दिखाया गया है। इसका उद्देश्य अपनी प्रजा की सेवा करना है। राजा, अपने व्यक्तिगत जीवन में सत्ता और धन का उपयोग नहीं कर सकता। अशोक और चाणक्य, हमारे सामने राज्य की शासन-व्यवस्था को दर्शाने वाले दो बड़े और महत्त्वपूर्ण उदाहरण हैं। इसी समय पुनर्जागरण हुआ और सनातन धर्म की फिर से स्थापना हुई।

9

निष्कर्ष

एक बार देवताओं और ऋषियों की सभा में नारद ने चिरंजीवियों के विषय में बात की। वहाँ उपस्थित सभी इस बात पर सहमत थे कि पूरे ब्रह्मांड में सबसे दीर्घजीवी प्राणी काकभुशुंडी हैं। यह सुनकर वशिष्ठ के मन में काकभुशुंडी से मिलने की इच्छा पैदा हो गई। वशिष्ठ, काकभुशुंडी की खोज में निकल पड़े और मेरु पर्वत पर स्थित कल्पवृक्ष तक पहुँच गए। वहाँ वशिष्ठ ने हंस और कौवे के साथ कोयल, तोते और अन्य कई पक्षियों को श्लोक तथा वेद-मंत्रों का उच्चारण करते देखा। पूरा वातावरण शांति और आनंद से भरा था। ऐसे सुंदर वातावरण को देखकर वशिष्ठ के मन में उन ऋषि से मिलने की इच्छा तीव्र हो गई, जिनके कारण उस स्थान का वातावरण इतना पवित्र बना हुआ था। तभी वशिष्ठ ने काकभुशुंडी को देखा। काकभुशुंडी ने वशिष्ठ का स्वागत किया। एक-दूसरे का अभिवादन करने के बाद, वशिष्ठ ने कहा, "हे पक्षीराज! मैं आपसे मिलने आया हूँ। मुझे पता लगा है कि आप अनेक कल्पों से जीवित हैं। मैं आपसे ज्ञान प्राप्त करना चाहता हूँ। कृपया मुझे बताइए कि आपके जीवन की कुल अवधि कितनी हो गई है। आपने प्रकृति के नियमों के विषय में क्या सीखा है? आप कौन-से असीमित ज्ञान के बल पर इतने युगों से जीवित हैं?"

वशिष्ठ के प्रश्न का उत्तर देते हुए काकभुशुंडी ने कहा, "क्या आपको लगता है प्रकृति अपना कार्य करना बंद कर देगी? प्रलय आने पर मैं अपना नीड़ छोड़कर चला जाऊँगा। जिस समय बारह आदित्य अपनी किरणों से

संसार को जलाएँगे, उस समय मैं धारणा शक्ति की मदद से आकाश में चला जाऊँगा। जब आग की भीषण लपटें उठेंगीं और चट्टानें टूटकर बिखरेंगीं, मैं अग्नि की धारणा से आकाश में चला जाऊँगा। जब महामेरू पानी के नीचे समा जाएगा, मैं वायु धारणा की शक्ति से ऊपर विचरण करूँगा। महाप्रलय का समय आने पर जब तक नए ब्रह्मा की रचना नहीं होती, मैं सुषुप्ति अवस्था में चला जाऊँगा। इसके बाद नई सृष्टि की रचना के बाद मैं फिर से अपने शिविर में आकर रहने लगूँगा। मैंने वह समय भी देखा है, जब 11,000 वर्षों के लिए यह पृथ्वी धूल का गोला बन गई थी। चारों तरफ़ पत्थर बिखरे हुए थे। पहाड़ या घास भी नहीं थी। काफ़ी समय बाद वृक्ष और घास उग आए। चतुर्युग में से पहले युग के दौरान पृथ्वी, विशाल वन में बदल गई थी। दूसरे युग में पर्वत श्रंखलाएँ बनीं और तीसरे में पूरी धरती। चौथे युग में ब्राह्मणों में चालाकी उत्पन्न हो गई और उनके मन में तरह-तरह की इच्छाएँ पैदा होने लगीं। शूद्र उनसे ईर्ष्या करते थे। सदाचारी स्त्रियों ने मनमाना आचरण आरंभ कर दिया। हे वशिष्ठ! मैंने यह सब देखा है और इसके अलावा कई और चीज़ें देखी हैं, जो मैं आपको बताऊँगा। मैंने अपनी आँखों से सूर्य-ग्रहण और आकाशगंगा का उद्गम देखा है, मैंने इंद्र और उपेंद्र की अवस्थाओं को देखा है, मैंने भगवान विष्णु के वराह अवतार के दर्शन किए हैं, जिन्होंने पृथ्वी की हिरण्याक्ष से रक्षा की। मैंने अलग-अलग दिशाओं में बिखरे वेदों को संग्रहीत होते देखा है, मंदार पर्वत की सहायता से समुद्र का मंथन देखा है। वशिष्ठ के रूप में यह आपका आठवाँ जन्म है; इसलिए हमारी भेंट आठवीं बार हो रही है। क्षीरसागर को बारह बार मथा जा चुका है। मैंने यह सबकुछ अपनी आँखों से देखा है। तीन बार हिरण्याक्ष, पृथ्वी को पाताल में ले गया था। छह बार विष्णु ने रेणुका के पुत्र परशुराम के रूप में अवतार लिया, त्रिपुर एवं उसके निवासी, आग की लपटों में बार-बार भस्म हो चुके हैं। दक्ष प्रजापति के यज्ञ का दो बार विध्वंस हुआ है। प्रत्येक युग की आवश्यकता के अनुसार वेदों का निर्माण होता रहा है। जैसे-जैसे बुद्धि और विवेक बढ़ता है, लोगों के भीतर वेदों की समझ बढ़ती है। इस तरह संसार के सब कार्य सुचारू रूप से चलते हैं। हालाँकि पुराणों का अध्ययन अलग-अलग ढंग से किया जाता है, लेकिन हर बार वे सत्य का ही प्रतिपादन करते हैं। प्रत्येक युग में रामायण के रूप में ज्ञान-शास्त्रों के दर्शन होंगे। जिस तरह ऋषि वाल्मीकि ने रामायण का पाठ किया है, इससे पहले भी बारह वाल्मीकि हुए हैं, जिन्होंने

काम पूरा किया है। श्रीराम ने पृथ्वी पर ग्यारहवीं बार अवतार लिया है और वह फिर से वसुदेव के घर में जन्म लेंगे। संसार के ये भ्रम कभी प्रकट हो जाते हैं और कभी दिखाई नहीं पड़ते। इस तरह ये भ्रामक दृश्य एक जन्म में दिखाई पड़ते हैं और दूसरे में छिप जाते हैं, जैसे समुद्र की सतह पर झाग उभरते हैं और फिर स्वतः नष्ट हो जाते हैं।"*

योग वशिष्ठ नाम का ग्रंथ राम को उनके गुरु वशिष्ठ द्वारा दिए गए उपदेशों का संग्रह है। उसकी यह रोचक कथा हमें कई बातें सिखाती है। इस पर चर्चा करने का मुख्य उद्देश्य उन लोगों को समझाना है, जो कहते हैं कि समाज से धर्म का लोप हो गया है और धार्मिक मूल्य व नैतिकता नष्ट हो गई है, जो यह मानते हैं कि भारतीय समाज में केवल प्राचीन समय में धर्म और सदाचार मौजूद था और यह कि हिंदू धर्म के मूल्यों का क्षय हो रहा है और यह लुप्त होने के कगार पर है।

महर्षि वशिष्ठ और काकभुशुंडी के बीच हुआ यह छोटा-सा संवाद इस बात की पुष्टि करता है कि समय की चाल, सीधी नहीं, बल्कि वृत्ताकार है। पाश्चात्य दृष्टिकोण से देखें तो आप गोल घूमकर कहीं नहीं पहुँच सकते। लेकिन ब्रह्मांड इसी सिद्धांत पर काम करता है। हर चीज़ के अस्तित्व का आधार यही वृत्ताकार संचालन है, जो हिंदू दर्शन का मुख्य आधार भी है। जिसने जन्म लिया है उसकी मृत्यु अवश्य होगी और मृत्यु के बाद फिर एक नया जन्म होता है। यहाँ तक कि वशिष्ठ, बुद्ध, राम और कृष्ण जैसी महान आत्माओं ने भी जन्म लिया और फिर उन्होंने इस लोक को छोड़ दिया। हिंदू धर्म में स्वर्ग, अंतिम पड़ाव नहीं है। यहाँ पहुँचने के लिए आत्मा अच्छे कर्मों का सहारा लेती है और फिर उसका पुनर्जन्म किसी अन्य जगह किसी अन्य संसार में मनुष्य के रूप में होता है। इसीलिए स्वर्ग की अवधारणा को हिंदू धर्म ज़्यादा महत्त्व नहीं देता, बल्कि मोक्ष ही इसका उद्देश्य है।

वैदिक दर्शन और शास्त्र, हिंदू धर्म या सनातन धर्म को शाश्वत नहीं मानते। बल्कि ये कहते हैं कि जो शाश्वत है उसे सनातन धर्म द्वारा परिभाषित किया जा सकता है। संस्कृत में सनातन का अर्थ है, जो हमेशा रहता है, जो समय की सीमाओं के पार है।

---

* *योग वशिष्ठ महारामायण,* के. नारायणस्वामी अय्यर, अंग्रेज़ी अनुवाद।

जो यह सोचते हैं कि हिंदू धर्म का पतन हो रहा है और उसे बचाया नहीं गया तो वह लुप्त हो जाएगा, वे ग़लत सोचते हैं। सनातन धर्म की रक्षा करने का दायित्व ब्रह्मांड का है। मनुष्य का इसमें कोई योगदान नहीं होता। मनुष्य का दायित्व केवल सनातन धर्म का पालन करना और इसे सही परिप्रेक्ष्य में समझना है। प्रलय और महाप्रलय के बाद भी यह धर्म मौजूद है। इसने अपने सामने अनेक बार त्रिदेव का स्वरूप देखा है। यह ऐसा धर्म है जिसने भगवान विष्णु के अनेक अवतारों को आते-जाते देखा है। यह धर्म ईश्वर व समय से भी अधिक प्राचीन है।

इस विस्तृत सनातन ज्ञान से आज के संदर्भ में हमने यह सीखा है कि हमें हिंदू धर्म, हिंदू संस्कृति और हिंदू समाज के बीच भेद करना सीखना होगा। हिंदू धर्म शाश्वत है। वह समय, ज्ञान, ईश्वर और भक्तों की सीमा के परे है। हिंदू धर्म की महानता को उसके भक्तों की शक्ति से परिभाषित नहीं किया जा सकता। देवता और मनुष्य में अधिक भेद नहीं होता। ईश्वर, प्रत्येक मनुष्य में मौजूद है, हर कण में विद्यमान है। यह समझना कि आत्मा, सर्वत्र मौजूद है सनातन धर्म का मुख्य उद्देश्य है। देवता और ईश्वर भी उसी ब्रह्म के स्वरूप हैं। हिंदू धर्म में देवता और मनुष्य के बीच में अधिक भेद नहीं किया जाता है। सनातन धर्म की असीमित संभावनाएँ हैं, क्योंकि यह किसी पुस्तक या विशेष उद्देश्य पर आधारित नहीं है, बल्कि यह पूरे ब्रह्मांड का हिस्सा है।

सनातन धर्म की प्रकृति ब्रह्मांड के समान है और इसमें वे सब संभावनाएँ मौजूद हैं जो आपको ईश्वर तक पहुँचा सकती हैं। वैदिक ज्ञान की मदद से हमें अंतिम लक्ष्य तक पहुँचने के लिए अनेक दिशाएँ और मार्ग मिलते हैं। हमें इनमें से किसी एक को चुनने की आज़ादी मिलती है। केवल हिंदू धर्म में ही सर्वधर्म समभाव की अवधारणा पाई जाती है, क्योंकि यह धर्म आपको साधारण इच्छाओं और सांसारिक बंधनों से मुक्त होने के लिए प्रेरित करता है। यही धर्म आपको एक दिन ईश्वर के असली मार्ग पर ले जाएगा। हिंदू धर्म में आप किसी भी पुरुष या स्त्री की पूजा कर सकते हैं। आपको गाय, साँप, बंदर, यहाँ तक कि पत्थर के टुकड़े की भी पूजा करने का अधिकार प्राप्त है। इसके बाद भी आपको हिंदू भक्त माना जाता है। कोई आपकी आस्था का मज़ाक़ नहीं उड़ाता। भारत में आपको अपने पति या पुत्र के प्रति समर्पित होने की आज़ादी है। आपको यह छूट भी मिलती

है कि आप किसी की पूजा ना करें। लेकिन यदि आपको सत्य की तलाश है तो आप एक सच्चे हिंदू हैं।

> एकंसद्विप्राबहुधावदन्ति।
>
> ऋग्वेद - 1.164.46

> "सत्य एक ही है, लेकिन विद्वान अलग-अलग ढंग से उसकी विवेचना करते हैं।"

आपने सती-सावित्री की कहानी सुनी होगी। उसे हिंदू लोक-कथाओं में सम्मान प्राप्त है, क्योंकि वह अपने पति के प्रति पूर्ण रूप से समर्पित थी। उसने अपनी एकाग्रता और समर्पण के बल पर अपने पति में ईश्वर को खोजा और बाद में उसे देवताओं से भी आदर प्राप्त हुआ। इसी तरह एक माता और पुत्र का संबंध है, जहाँ एक माता ने अपने पुत्र में ईश्वर के दर्शन किए और उसी के सहारे उसे सत्य की प्राप्ति हुई। यह कहानी कपिल मुनि और उनकी माँ देवाहुति की है। देवाहुति की नौ कन्याएँ थीं और केवल एक पुत्र था, जिसका नाम कपिल था। उन्हें विष्णु का अवतार माना जाता है, जो पृथ्वी पर अपने उपदेशों द्वारा आध्यात्मिक व्यवस्था को क़ायम करने के लिए आए थे। 'कपिल' का अर्थ है, जिसका वर्ण सूर्य के समान हो। बौद्ध परंपरा में कपिल वह ऋषि है जिन्होंने अनेक पीढ़ियों तक बुद्ध को उपदेश दिया है। जन्म से ही कपिल तपस्वी स्वभाव वाले थे, लेकिन उनकी माता उन्हें अपने साथ रखना चाहती थीं। वह नहीं चाहती थीं कि कपिल, ज्ञान प्राप्त करने या उपदेश देने बाहर जाएँ। अपनी माँ को सांसारिक बंधनों से मुक्त करने के लिए कपिल ने देवाहुति को भी उपदेश दिया और यह संवाद भागवत का ज्ञानपूर्ण अंश बन गया।

प्रत्येक व्यक्ति को अपने ढंग से आगे बढ़ने और दिव्यता प्राप्त करने की अनुमति है। हमारे सामने देवताओं, असुरों और मनुष्यों के अलावा पशु-पक्षियों के भी उदाहरण हैं, जिहोंने असाधारण साहस, दृढ़ता और समर्पण के दम पर देवत्व प्राप्त किया। हमने काकभुशुंडी, प्रह्लाद और नारद की कथाएँ सुनी हैं, जिन्होंने देवता का दर्जा हासिल कर लिया। गाँवों में भी ग्राम-देवता या ग्राम-देवियाँ होते हैं जो आमतौर पर उस गाँव के लोगों के

पूर्वज होते हैं। लेकिन उन्हें बुरी शक्तियों से बचाने वाले रक्षक के रूप में देखा जाता है। शिर्डी के साईं बाबा और रामदेवरा के रामदेव पीर भी ऐसे ही उदाहरण हैं, जहाँ साधारण मनुष्यों ने चारित्रिक दुर्बलताओं से ऊपर उठकर देवता का दर्जा हासिल किया।

हमारे बीच ऐसे कई महान लोग हैं, जिन्हें देवता के समान माना जाता है क्योंकि उनमें दृढ़ संकल्प था और उन्होंने निःस्वार्थ भाव और साहस से जीवन बिताया। महात्मा गाँधी, भीमराव अंबेडकर और एपीजे अब्दुल कलाम ऐसे कुछ लोग हैं, जिन्होंने निःस्वार्थ जीवन जिया तथा भारत एवं विश्व के लोगों के लिए प्रेरणा का स्रोत बने। इन सबको आधुनिक समय का महर्षि कहना ग़लत नहीं होगा। इन सबने भारतीय समाज की व्यवस्था को बदला और उसमें महत्त्वपूर्ण योगदान दिया है। उनका योगदान समाज में प्राचीनकाल के ऋषियों से कम नहीं है। उन्हें देश-भर में बहुत आदर दिया जाता है। परंतु आज भी उन्हें देवता का दर्जा प्राप्त नहीं है। यह हर समाज की प्रकृति होती है कि उसे किसी को ईश्वर मानने में काफ़ी समय लगता है। हर अवतार तथा संत-महात्मा को अपने जीवनकाल में अनेक बार इस संघर्ष का सामना करना पड़ता है। बुद्ध, नानक, महावीर और यहाँ तक कि राम और कृष्ण को भी लोगों ने आसानी से ईश्वर के रूप में स्वीकार नहीं किया था। लेकिन यह हमारी चर्चा का विषय नहीं है, क्योंकि यह देर से या जल्दी अपने आप हो जाता है। हमारा ध्यान, हिंदू धर्म की अनुकूलता और स्वीकृति पर है। इसीलिए हमने यह उदाहरण यहाँ प्रस्तुत किए हैं। देवता, धार्मिक ग्रंथ, स्मृति एवं अनुष्ठान आदि सब अस्थायी हैं। सब कुछ समय के साथ बदल जाता है। हमारे सामने 18 पुराण और 33 करोड़ देवी-देवता हैं। परंतु यह सब हमें प्रतिदिन के बंधनों में उलझाने के लिए नहीं बल्कि हमारी मुक्ति के लिए हैं। ऐसा इसलिए है कि अंतिम संदेश भी यही है कि सच्चा हिंदू-धर्म, खुद को युगों-युगों तक बचा कर रखता आया है और इसमें कोई परिवर्तन या विकार पैदा नहीं हुआ।

आत्मज्ञान प्राप्त करने वाले लोगों के लिए वेदों का ज्ञान भी सहायक होता है जैसा काकभुशुंडी ने वशिष्ठ से कहा। देवता और वेद हर बार नई सृष्टि में अलग ढंग से हमारे सामने प्रस्तुत होते हैं। 'वेद भी प्रत्येक युग के बौद्धिक स्तर के अनुकूल तैयार किए जाते हैं।' बुद्धि और विवेक के बढ़ने के साथ उन्हें भी अधिक बेहतर ढंग से समझा जा सकता है। वेदों को पढ़ने

वाले पाठक की समझ में अंतर हो सकता है। परंतु एक संदेश बिलकुल स्पष्ट है कि हमें जो भी स्वयं के नजदीक ले जाता है, वह धर्म का हिस्सा है और जिस भी बात से अस्पष्टता होती है, वह आडंबर या 'अधर्म' है।

आज हमारे समाज में संघर्ष और लड़ाई-झगड़े इसलिए ज़्यादा हैं, क्योंकि हम धर्म, संस्कृति और समाज के बीच उलझे रहते हैं। हमें इनका अर्थ ठीक से पता नहीं है। बहुत-से लोग, संस्कृति को धर्म समझ लेते हैं। जहाँ तक धर्म का प्रश्न है, हमने विस्तार से इस पर चर्चा की है। संस्कृति, वह चीज़ है जो किसी विशेष भौगोलिक परिस्थिति, पर्यावरण और प्रदेश में उत्पन्न होती है। उसमें उस स्थान की धार्मिक मान्यताएँ भी सम्मिलित होती हैं।

लोगों के समुदाय में एक संस्कृति को विकसित होने में कई पीढ़ियाँ लग जाती हैं। आमतौर पर संस्कृति को लोगों के भोजन, कपड़े, भाषा, त्यौहार और घर आदि से पहचाना जाता है। दक्षिण भारत में अनेक ईसाई हैं, जो घर के आँगन में नारियल का पेड़ लगाते हैं और गैर-ईसाई पड़ोसियों की तरह भोजन करते हैं। उन्होंने समय के साथ अपनी जीवनशैली को बदल लिया है और दक्षिण भारत की संस्कृति में रच-बस गए हैं। उन्होंने धार्मिक कट्टरपंथी आदतों को भी त्याग दिया है। यही बात मुसलमानों, सिक्खों और बौद्ध-धर्म के लोगों पर भी लागू होती है, जो भारत में रहते हैं। धर्म और संस्कृति के बीच मौजूद दुविधा के चलते समाज में गंभीर परिणाम देखने को मिल रहे हैं। किसी हिंदू, ईसाई या केरल के मुसलमान के लिए जम्मू में रहना या बंगाली के लिए गुजरात में रहना मुश्किल होगा। फिर भी बहुत-से लोग ऐसा करते हैं और अपनी भौगोलिक स्थिति और पर्यावरण आदि में बदलाव के बावजूद अपनी मूल संस्कृति को क़ायम रखने में सफल हो जाते हैं।

धर्म बदलता है तो वह ऐसी चीज़ें अपनाता है, जिसका उद्गम विदेशी स्थान पर हुआ है, जहाँ उसकी अपनी जड़ें नहीं हैं और जहाँ का ना इतिहास परिचित है ना ही उससे कोई अनुवांशिक संबंध है। वह उस धर्म की परंपराओं आदि को समझने का प्रयास करता है ताकि बेहतर और अच्छा इंसान बन सके। इस बदलाव के चलते उसे अपने मूल समुदाय के सदस्यों से विरोध और वैमनस्य का सामना करना पड़ता है। इस प्रयास में वह अपनी उन जड़ों से दूर हो जाता है, जहाँ उसका असली इतिहास बना था। भारत एक ऐसी सभ्यता है, जहाँ उसकी संस्कृति नदी के किनारों और वनों में विकसित हुई है। इसलिए रेगिस्तान या उष्णकटिबंधीय संस्कृति में रहने का

दिखावा करना ना केवल मुश्किल होता है, बल्कि लगभग असंभव हो जाता है। विदेशी विरासत के प्रति गौरव महसूस करने से व्यक्ति अपनी असली विरासत से दूर हो जाता है और समाज में अव्यवस्था पैदा होने लगती है। हम इस बात को विश्व के अनेक देशों में साफ़ तौर पर देख सकते हैं। भारत में रहने वाले कुछ ईसाइयों के वंशज, उतने समय से यहाँ रहते आ रहे हैं, जितना कि ईसाई धर्म पुराना है। कुछ मुसलमानों के पूर्वज दिल्ली सल्तनत के समय से यहाँ मौजूद थे। इसलिए भारतीय ईसाई या भारतीय मुसलमान बनकर रहना और उसमें गौरव महसूस करना ठीक लगता है। परंतु पारसी, रोम या अरब बनने के बाद भारतीय संस्कृति में इस तरह का बदलाव आने लगे तो भारतीय समाज में सचमुच विकार पैदा होने लगेंगे।

समाज साथ रहने वाले लोगों से बनने वाले एक बड़ी इकाई है। ये लोग एक-से नियमों द्वारा नियंत्रित होते हैं। इनका साझा इतिहास होता है और सभी एक-सी परंपराओं का पालन करते हैं। इन पर राजनीतिक, आर्थिक और प्रशासनिक परिस्थितियों का एक-सा प्रभाव पड़ता है। भारत के मौजूदा समाज में विभिन्न धर्म, संस्कृतियाँ और परंपराएँ हैं। इस्लाम, ईसाई धर्म, जुडाइज्म, सिक्ख, जैन, बौद्ध धर्म आदि सब यहाँ हिंदू धर्म के साथ शांतिपूर्वक ढंग से समृद्ध हो रहे हैं। हिंदू धर्म के आरंभ से हिंदुओं ने सबको एक समाज के रूप में स्वीकार किया, उन्हें साथ लिया और नए विचारों, आस्थाओं और परंपराओं को आत्मसात किया है। ऐसा नहीं कि हिंदू धर्म में आस्था और विचारों की कोई कमी है, बल्कि इस धर्म में विचार और दर्शन की अत्यंत समृद्ध और संपन्न परंपरा पाई जाती है। इस्लाम धर्म में निर्गुण विचारधारा, वेदांत के एकेश्वरवाद से मेल खाती है। सांख्य को भी बौद्ध और जैन दर्शनों से जोड़कर देखा जा सकता है। इसी तरह पश्चिम का 'ट्रिनिटी' स्वरूप, हमारे यहाँ के ब्रह्मा, विष्णु और महेश के त्रिदेव से मिलता है। हमारे यहाँ हिंदू धर्म के लोग, किसी भी नए विचार, धार्मिक दर्शन या विचारधारा को ईर्ष्या अथवा वैमनस्य की दृष्टि से नहीं देखते, बल्कि उसे भी उतना ही सम्मान देते हैं, क्योंकि वह वैदिक ज्ञान से मेल खाता है।

इस देश में अनेक महान और क्रांतिकारी विचार, दर्शन, परंपराएँ आदि विकसित हुईं और उन्हें धीरे-धीरे समय के साथ लोगों ने स्वीकार कर लिया। बौद्ध धर्म, अत्यंत सशक्त रूप से उभरा। इसलिए अनेक समकालीन विचारकों को लगा कि यह अपने धर्म के लिए ख़तरा बन सकता है। परंतु

बौद्ध धर्म के मामले में हिंदू धर्म के उदार दृष्टिकोण ने इस ख़तरे और तनाव को ख़त्म कर दिया। बाद में हिंदू और बौद्ध दोनों धर्मों के मूल सिद्धांतों के बीच अनेक समानताएँ पाई गईं। यहाँ तक कि बाद में बुद्ध को विष्णु का अवतार तक मान लिया गया और बौद्ध धर्म को सनातन धर्म के संप्रदाय के रूप में मान्यता मिल गई। इस ज़मीन पर धर्मांतरण, विपरीत धर्मांतरण, हमले, लड़ाई-झगड़े आदि कुछ भी हों, लेकिन हिंदू धर्म की सनातनता पर कभी ख़तरा नहीं आ सकता।

सनातन धर्म, हर बिखराव के बाद फिर से पुनर्वतरित हो जाता है। वह अपना कुछ नहीं खोता। परंतु देश के रूप में भारत, अपनी संप्रभुता, शांति, सहिष्णुता और गौरव को समय के साथ खो देगा और यह मानव जाति के लिए बहुत बड़ी क्षति होगी। इसलिए आज की वर्तमान पीढ़ी के लिए सक्रिय रूप से हिंदू होने पर गौरव महसूस करना, हिंदू होने का अर्थ खोजना तथा प्राचीन हिंदू विरासत के साथ सामंजस्य स्थापित करना समय की आवश्यकता है, क्योंकि ऐसा होने पर ही प्रत्येक भारतीय, अपनी विरासत पर गौरव महसूस कर सकता है।

हमने वैदिक ज्ञान से यह निष्कर्ष निकाला है कि धर्म की रचना, ब्रह्मांड ने मानव-जाति की सेवा करने, उसका मार्गदर्शन करने और उसकी सुरक्षा के लिए की है। परंतु जब किसी धर्म या आस्था के लोग, ग़लत विश्लेषण करके यह सोचते हैं कि ऐसा करके वे अपने धर्म को दूसरे धर्म के आक्रामक रवैये से बचा पाएँगे तो वास्तव में वे अपने धर्म का नुक़सान करते हैं। घोड़े को घुड़सवार की सवारी नहीं करनी चाहिए! किसी वस्तु की रचना, मनुष्य की अन्य पशुओं रक्षा करने और उनमें अंतर पैदा करने के लिए की गई है। किसी धर्म के संरक्षण का एकमात्र तरीक़ा उस धर्म के मूल्यों को अपनाना है। तभी हमें आत्मज्ञान के मार्ग पर सफलता मिल सकती है।

अंत में अपनी बात को सिद्ध करने के लिए गीता के इन श्लोकों से बेहतर कुछ नहीं हो सकता :

बुद्ध्या विशुद्धया युक्तो धृत्यात्मानं नियम्य च ।
शब्दादीन्विषयांस्त्यक्त्वा रागद्वेषौ व्युदस्य च ।।51।।

विविक्तसेवी लघ्वाशी यतवाक्कायमानसः ।
ध्यानयोगपरो नित्यं वैराग्यं समुपाश्रितः ।।52।।

अहङ्कारं बलं दर्पं कामं क्रोधं परिग्रहम् ।
विमुच्य निर्ममः शान्तो ब्रह्मभूयाय कल्पते ।।53।

'कोई व्यक्ति ब्रह्म-तत्व को प्राप्त करने के योग्य तब होता है, जब उसकी बुद्धि शुद्ध हो जाती है, वह इंद्रियों पर पूर्ण संयम प्राप्त कर लेता है तथा बाहरी चीज़ों का त्याग करके आकर्षण और विकर्षण दोनों से मुक्त हो जाता है। ऐसे व्यक्ति को अकेला रहना, हल्का भोजन करना, शरीर-मन-वचन पर नियंत्रण रखना अच्छा लगता है। वह सदा ध्यान में लीन रहता है और अनासक्ति का अभ्यास करता है। वह अहंकार, हिंसा, कठोरता, इच्छा, संपत्ति प्राप्त करने की कामना से भी मुक्त हो जाता है। केवल वही व्यक्ति शांत अवस्था में रहकर ब्रह्म के साथ एकाकार होने के योग्य कहलाता है।'

संदर्भ

निर्वाण शतकम

विवेक चूड़ामणि

एन्शियेंट इंडिया, डी.एन. झा

महोपनिषद

विष्णु पुराण

अंगुत्तर निकाय

मनीष-पंचकम

रामचरितमानस

वाल्मीकि रामायण

महाभारत

श्रीमद् भगवद् गीता

श्रीसूक्त

अथर्वशीर्ष

गॉड्स सेजेस ऐंड किंग्स : वैदिक सीक्रेट्स ऑफ़ द इंडियन सिविलाइजेशन, देवदत्त रामकृष्ण भंडारकर

द सरस्वती फ़्लोज ऑन : द कन्टीन्यूटी ऑफ़ इंडियन कल्चर, बृजबासी लाल

द ऋग्वैदिक पीपल, बृजवासी लाल

ऋग्वेद

शतपथ ब्राह्मण

www.speakingtree.com

एनसीईआरटी 11वीं कक्षा इतिहास

एनसीईआरटी 12वीं कक्षा इतिहास

एनसीईआरटी 11वीं कक्षा समाज-शास्त्र

एनसीईआरटी 12वीं कक्षा समाज-शास्त्र

नाट्य शास्त्र

मनुस्मृति

देवीसूक्त

मत्स्य पुराण

विमेन ऐंड पावर : ए मेनिफ़ेस्टो, मैरी बियर्ड

विकीपीडिया

सिद्धांत शिरोमणि, भास्कराचार्य

एनसीईआरटी और केंद्रीय शैक्षिक प्रोद्यौगिकी संस्थान द्वारा निम्न विषयों पर रेडियो कार्यक्रम -

चरक

सुश्रुत

चार्ल्स डार्विन

चाणक्य

अशोक

मौर्य साम्राज्य

हड़प्पा सभ्यता

ए ट्रिब्यूट टु हिंदुइज्म, सर जॉन वुड्रॉफ़

संजीव सान्याल की वार्ताएँ

योग वशिष्ठ महारामायण, के. नारायणस्वामी अय्यर

लेखकों का परिचय

पृथ्वीराज सिंह, इंदौर में जन्मे लेखक हैं। हालाँकि वह एक प्रशिक्षित इंजीनियर हैं, लेकिन उन्होंने अपने करियर की शुरुआत व्यापार से की। परन्तु जब उन्हें समझ आया कि सिर्फ़ पैसा कमाने से व्यक्ति बड़ा नहीं बन सकता तो उन्होंने अनेक क्षेत्रों में यथासंभव ज्ञान अर्जित करने का प्रयास किया। उन्होंने भारत के अनेक शहरों की यात्राएँ कीं और भारत की अर्थव्यवस्था, वित्तीय योजना, व्यापार रणनीति, और भारतीय राजनीति जैसे विभिन्न क्षेत्रों में कोर्स इत्यादि किए। उन्होंने पत्रकार के रूप में काम करते हुए लेखन भी जारी रखा, जिससे उन्हें भारत के वास्तविक स्वरूप को समझने में मदद मिली है।

हिंदू धर्म की महागाथा, पृथ्वीराज की पहली किताब है। इसे लिखते समय मिले संतोष से उन्होंने यह महसूस किया है कि उनकी नियति में लेखक होना ही लिखा है। श्री पी नरहरि के ही साथ मिलकर लिखी हुई पुस्तक 'बेटियाँ' ने भी भारतभर में ख्याति प्राप्त की है।

✉ prathviparmar@gmail.com

परिकिपंडला नरहरि, भारतीय प्रशासनिक सेवा के 2000 बैच के अधिकारी और लेखक हैं। *तहलका* पत्रिका के अनुसार पी. नरहरि ग्वालियर कलेक्टर के पद पर रहते हुए पहले ऐसे प्रशासक बने जिसने फेसबुक, ट्विटर जैसे सोशल मीडिया के प्लेटफार्म के जरिए लोगों की समस्या तुरन्त प्रभावशाली रूप से हल किया। *द बेटर इंडिया* ने नरहरि को वर्ष 2017 के 10 सबसे प्रेरणादायक आईएएस अफ़सरों की सूची में शामिल किया था। उन्होंने

ग्वालियर जिले को दो साल में 95% बाधामुक्त कर दिया। इसके जरिए विकलांग, वरिष्ठ नागरिक और महिलाओं को सार्वजनिक स्थानों में बेहतर सुगमता और सुविधा प्राप्त हुई है, जिसके चलते ग्वालियर शहर, भारत के दूसरे शहरों के लिए उदाहरण बन पाया है। इसके विषय में *सत्यमेव जयते* कार्यक्रम में भी बताया गया था।

नरहरि ने चार किताबें लिखी हैं - *हू ओन्स महू?*, *द मेकिंग ऑफ़ लाडली लक्ष्मी योजना*, *बेटियाँ* और *द राइज ऑफ़ सोशल मीडिया इन एमपी गवर्नमेंट*। उनकी पुस्तक *द मेकिंग ऑफ़ लाडली लक्ष्मी योजना, मध्य प्रदेश सरकार* के लाडली लक्ष्मी योजना पर आधारित है। नरहरि ने *हो-हल्ला* नाम का गीत भी लिखा; जिसे मशहूर गायक शान ने गाया। इसी के चलते इंदौर शहर को 2017 से 2020 तक लगातार चार साल भारत के सबसे सबसे साफ़ शहर का दर्जा प्राप्त हुआ। नरहरि ने सिंगरौली, सिवनी, ग्वालियर और इंदौर में कलेक्टर के पद पर तथा मध्य प्रदेश सरकार के जनसंपर्क विभाग में कमिश्नर और सचिव के रूप में काम किया है। मध्य प्रदेश सरकार में सोशल मीडिया का प्रयोग स्थापित करने का श्रेय नरहरि को जाता है। वह वर्तमान में मध्य प्रदेश सरकार के सचिव स्तर के पद पर कार्यरत हैं।

narahari.ias   pnarahari   narahariias

parikipandlanarahari   Parikipandla Narahari

अनुवादक परिचय

आशुतोष गर्ग (जन्म 1973, दिल्ली) : हिंदी में एम.ए., पत्रकारिता एवं अनुवाद में स्नातकोत्तर डिप्लोमा तथा एम.बी.ए. कर चुके आशुतोष ने पिछले बीस वर्षों में पौराणिक लेखन व अनुवाद के क्षेत्र में उल्लेखनीय कार्य किया है। इनका हिंदी व अंग्रेज़ी, दोनों भाषाओं पर समान रूप से अधिकार है। *अश्वत्थामा* और *इंद्र* जैसे लोकप्रिय उपन्यासों के अलावा आशुतोष ने *द्रौपदी की महाभारत, दशराजन, श्रीहनुमान लीला, मैं रेशमा, सीतायण* और *द लास्ट गर्ल* समेत 23 किताबों का सफल अनुवाद भी किया है। *प्रयोग-कोश, उद्धरण-संकलन* एवं बाल-साहित्य से जुड़ी इनकी 5 अन्य किताबें भी प्रकाशित हैं। *नवभारत टाइम्स* एवं अन्य पत्र-पत्रिकाओं में नियमित रूप से पौराणिक साहित्य पर लिखते हैं। फिलहाल, रेल मंत्रालय में कार्यरत हैं।

www.ingramcontent.com/pod-product-compliance
Lightning Source LLC
LaVergne TN
LVHW100401181026
850499LV00037B/558
* 9 7 8 9 3 9 1 2 4 2 6 8 8 *